AF450215

Alice N. York

DIE CHANCE

KURZROMAN

CAPSCOVIL VERLAG | GLONN | GERMANY

Die englische Übersetzung erschien unter dem Titel
„THE CHANCE“
im CAPSCOVIL Verlag, Glonn
www.capscovil.com

Deutsche Ausgabe 07/2022
Perfect Paperback
Copyright © 2020 by Capscovil
Covergestaltung: CAPSCOVIL
Coverbild: CAPSCOVIL
Satz: CAPSCOVIL
ISBN 978-3-942358-60-6

FÜR FIRMEN UND ORGANISATIONEN

Exklusive Editionen mit individuellem Design als Präsent für Geschäftspartner oder größere Mengen für spezielle Events sind direkt über den Verlag erhältlich. Anfragen werden gerne unter projects [at] capscovil.com beantwortet.

Für alle Torontonians, die Fremde mit ihrer unvoreingenommenen Herzlichkeit in ihrer Stadt willkommenheißen

1

Christiana wachte schweißgebadet auf. Normal neigte sie nicht zu Alpträumen. Aber sie merkte unterschwellig die Anspannung, die sich langsam mit jedem erfolglosen Gang zum Briefkasten aufbaute. Yoga und eine erfrischende Dusche verscheuchten die Erinnerungen an Rom. Abgesehen von etwas Bargeld hatte sie damals alles Notwendige, vom Flugticket über Zugangs-Code für das Apartment bis hin zur Bezahlfunktion auf ihrem Handy gehabt. Was gut funktioniert hatte. Bis ihr das Handy geklaut wurde. Dann hatte die Odyssee begonnen. Das würde ihr nicht noch einmal passieren. Sie ging zum Briefkasten. War heute der Tag?

Endlich. Christiana legte den Rest der Post auf den Küchentisch und konzentrierte sich auf den einen Umschlag. Seit Tagen wartete sie darauf. Jeden Morgen in der Hoffnung, endlich mit der Planung anfangen und den Flug buchen zu können. Denn dank Dynamic Pricing mit immer ausgefeilteren Algorithmen konnten die Ticketpreise von einem auf den anderen Tag teure Kapriolen schlagen.

Solche Unsicherheiten warfen sie zwar nicht aus der Bahn, machten aber die Strategin in ihr nervös. Sie erledigte gern alles, was gleich erledigt werden konnte, am besten immer sofort. Momentan war der Direktflug von München nach Toronto noch vergleichsweise günstig, was ihrem Budget für die nächsten sechs Monate guttun würde. Doch das konnte sich schnell ändern. Teure Umbuchungs- oder Stornogebühren wären eine enorme Belastung.

Sie wollte unbedingt diesen Direktflug. Nicht nur, weil es am bequemsten war, sondern weil ein Stop-over in einer anderen ausländischen Stadt wieder für Konflikte sorgen konnte. Obwohl sie in München geboren und aufgewachsen war, hatte Christiana keine deutsche Staatsbürgerschaft. Sie war staatenlos. Ihre Eltern stammten aus Westafrika und waren damals als die Bomben und Gewehrkugeln ihre Heimat zerstörten gerade noch mit dem Leben davongekommen. In Deutschland hatten sie Asyl gefunden. Das war fast drei Jahrzehnte her.

Doch die Dokumente, die ihre Eltern auf der Flucht mitgenommen hatten, reichten nicht, um Christianas Identität bei ihrer Geburt in der Granularität zu beweisen, die für die Ausstellung eines deutschen Passes gefordert wurde. Daher hatte Christiana nur einen sogenannten Passersatz und später einen Reiseausweis für Ausländer erhalten. Zusätzlich hatte sie über die Plattform eines Startups ihre Identität digital verifizieren lassen. Dafür waren nur ein live in der Plattform über ihre Laptop-Kamera aufgenommenes Foto von ihr und ihrem Reiseausweis notwendig gewesen. Alle Daten wurden zur Absicherung in einer Blockchain gespeichert.

Nur sie hatte die Kontrolle darüber, welchen Firmen oder Institutionen sie mit ihrer digitalen Identität bewies, dass sie ein echter Mensch und kein Bot war. Niemand anderes. Wenn sie außerhalb von Europa unterwegs war, besorgte sie sich trotzdem ein Visum, um Schwierigkeiten bei der Einreise zu minimieren. Hielt sie das für Kanada nun endlich in den Händen?

Christiana öffnete den Umschlag des kanadischen Büros für Visaanträge. Als Staatenlose hatte sie extra nach Berlin fliegen und ihre biometrischen Daten vor Ort erfassen lassen müssen. Denn die digitale Transformation war noch nicht überall angekommen. Doch das war es ihr wert gewesen.

Viele ihrer Freunde hatten nach der Schule oder dem Studium eine Auszeit genommen, um sich die Welt anzuschauen. Sie selbst war noch nie länger als drei Wochen unterwegs gewesen. Umso mehr freute sie sich auf die sechs Monate in Toronto.

Zeit genug, um neue Eindrücke zu gewinnen und sich über viele Dinge klarer zu werden. Sie liebte ihren Job und niemand im Team hatte Vorurteile ihr gegenüber. Die Entscheidung für ein Sabbatical war ihr daher auch nicht leichtgefallen. Zum Glück war ihr viel Verständnis entgegengebracht worden und das Versprechen, dass nach ihrer Rückkehr immer ein Platz für sie frei wäre. Immerhin gab es einen großen Bezug zwischen der Branche ihres Arbeitgebers und ihrem Reiseziel. Das war beruhigend.

Sie hatte sich in den letzten Jahren ein finanzielles Polster angespart, dass ihr auch nach den sechs Monaten noch etwas Sicherheit geben würde. Auch ihre Ehrenämter erfüllten sie mit echter Zufriedenheit. Dort konnte sie ebenfalls jederzeit wieder einsteigen. Aber irgendwo gab es eine ganz leise Stimme in ihr, die sagte, es gäbe noch mehr für sie zu tun.

Christiana hatte lange überlegt, wohin sie gehen wollte, um dieser Stimme zu folgen. Sie liebte Teneriffa und besonders die Natur im Norden. Dort hatte sie ihren ersten Urlaub verbracht und ganz allein die Insel erkundet. Aber Europa war ihr nicht weit genug entfernt von zuhause. Außerdem wollte sie auf den Trubel einer Großstadt nicht verzichten.

New York, Chicago oder San Francisco, ja USA insgesamt, kamen für sie momentan überhaupt nicht in Frage. Auch wenn das Land und seine Natur viel zu bieten hatten. Asien hatte sie gereizt. Besonders die Bilder ihrer Freundin Barbara, die vor kurzem nach Singapur gegangen war, um in einem Inkubator ihr Startup zu gründen.

Den Ausschlag für Christianas Wahl hatten letztendlich zwei Aspekte gegeben: Toronto galt als Vorbild in Sachen Diversity und hatte sich seit Jahren einen Namen in der Filmbranche gemacht. Mit ihren vielen unterschiedlichen Vierteln würde die Stadt nicht langweilig werden, und Natur gab es rundherum genügend.

Es hieß auch, dass die Stadt einen sehr europäischen Charakter hätte. Eine gute Mischung also. Erleichtert buchte sie den Flug und klebte das Visum in ihren Reiseausweis. Dann rief sie Monika an. Ihre Freundin zog während ihrer Abwesenheit in die Wohnung.

2

Der große Tag kam schneller als erwartet. War es nicht immer so? Es gab viel vorzubereiten und zu regeln. Am längsten hatte die Suche nach einem Apartment gedauert. Die Auswahl war groß, nur nicht in der Preisklasse, die ihr Budget hergab. Dank ihrer beharrlichen Suche hatte sie schließlich eins in recht zentraler Lage gefunden.

Die Entscheidung, was sie alles mitnahm, war schnell getroffen. Sie war weder Schuhfetischistin noch Glitzerprinzessin. Am meisten Spaß hatte ihr die Recherche über die Stadt gemacht. Mit jeder neuen Info wuchsen Neugier und Vorfreude.

In den letzten Tagen hatte sie Unmengen von Pasta gekocht. Ein Abschiedsessen folgte auf das nächste: mit

Arbeitskollegen, bei ihrer Kirchengemeinde, mit ihrem Spinning-Kurs aus dem Fitnessclub und mit ihrer Familie und den engsten Freunden. Am letzten Abend hatten Monika und das TEDxTUM Team eine Überraschungsparty für sie organisiert. Zur Abwechslung gab es Pizza.

Jetzt saß Christiana im Flugzeug und besänftigte ihre Nerven mit einem Gin Tonic. Wie ein Film ging ihr der Schreckmoment von eben immer wieder durch den Kopf. Nachdem sie ihre Koffer aufgegeben hatte, war sie nach draußen in den Biergarten gegangen. Noch etwas Sonne genießen vor dem achtstündigen Flug. Sie zahlte und wollte gehen, als plötzlich ein älterer Mann am Tisch neben ihr fast leblos zusammensackte.

Geistesgegenwärtig stütze sie ihn, damit er nicht auf den Boden aufschlug. Eine Gruppe Männer am nächsten Tisch sprang ebenfalls auf und half, den Mann auf eine Bierbank zu legen, Füße nach oben. Sie sprach mit dem Mann, stellte Fragen, damit er das Bewusstsein nicht verlor. Sein Gesicht war kreidebleich und er reagierte nur langsam. Jemand rief den Notarzt. Der Schichtleiter des Flughafens kam und ließ sich den Vorfall schildern. Hatte er einen Schlaganfall? Einen Kreislaufkollaps? Es war schwer zu sagen.

Christiana hatte die Uhr im Blick. Die Zeit wurde knapp. Sie musste auch noch durch die Passkontrolle. Boarding begann in zehn Minuten. Aber sie wollte nicht gehen, bevor die Sanitäter da waren. Das erschien ihr nicht richtig. Langsam bekam der Mann wieder Farbe im Gesicht. Er lächelte sie an. „Ich bin ja ein Optimist, aber mit einer so hübschen und hilfsbereiten Frau wie Ihnen, sehe ich gerne einmal schwarz", scherzte er verlegen.

Endlich kam der Notarzt. Sie erzählte, was passiert war

und verabschiedete sich. Länger konnte sie nicht warten. Ihr Flug würde es auch nicht. Im Terminal wurde ihr Name bereits zum zweiten Mal ausgerufen.

Langsam legte sich die innere Aufregung. Sie hatte alles getan, was möglich war. Bestimmt war es nur der Kreislauf gewesen und dem Mann ging es besser. Christiana stellte ihre Armbanduhr sechs Stunden zurück. Karma, dachte sie schmunzelnd. Dank ihrer atemlosen Erklärung, warum sie ihren Flug fast verpasst hätte, saß sie jetzt in der Business Class. Eine der Flugbegleiterinnen fand, sie hatte eine Belohnung verdient.

Christiana machte es sich in dem bequemen Sitz gemütlich. Reiseführer oder Roman? Für ihr erstes Wochenende in der Stadt hatte sie bereits einen Plan. Sie entschied sich für letzteres. Das Buch versprach, eine spannende Fallstudie zu Diversity im Technologiebereich zu sein. Der Titel war ihr ins Auge gestochen, da sie sich selbst gerade in einem Richtungswechsel befand. Seichte Schnulzen waren eh nicht so ihr Ding.

Kurz vor der Landung klappte sie das Buch zu. Stellenweise fassungslos war sie dem Weg der Hauptperson gefolgt. Seite um Seite, ab der Hälfte immer schneller – bis zum bitteren Ende. Die beschriebenen Situationen hatten mehr als einen Richtungswechsel verursacht. Wie viel Wahrheit in der Geschichte wohl lag?

So eine Erfahrung wünschte man niemandem.

3

Schon bei der Ankunft gewann Christiana den Eindruck, dass sie die richtige Wahl getroffen hatte. Keine Warteschlangen an der Passkontrolle. Die Begrüßung des Beamten schon fast herzlich. Er freute sich, dass sie seine Stadt für ihren längeren Aufenthalt ausgewählt hatte. Beide Koffer kamen an, unbeschädigt. Bei Augenkontakt mit dem Flughafenpersonal sah niemand verlegen weg. Im Gegenteil, die Person rief ihr ein freundliches Hallo entgegen.

Am Taxistand vor dem Terminal standen die Menschen geduldig in der warmen Abendsonne. Der Frühling war endlich da, erzählte ihr Fahrer strahlend. Die Winter waren kälter als in München. Deswegen war sie erst im Mai geflogen. Auf der halbstündigen Fahrt in die Stadt – der Feierabendverkehr drängte sich auf der Gegenfahrbahn – sah man schon von weitem das Wahrzeichen im Abendrot leuchten.

Ihr Ein-Zimmer-Apartment lag ganz in der Nähe des CN Towers in einer Seitenstraße. Der Schlüssel lag in einer zahlenschlossgesicherten Box und machte den Check-in stressfrei. Beide großen Koffer passten problemlos in den Aufzug, der sie zum neunten Stock brachte.

Die Wohnung war gut aufgeteilt und durch das große, deckenhohe Balkonfenster gegenüber dem Eingang überraschend hell. Rechts war eine Küchenzeile und ein hoher Tisch mit Barstühlen. In der Mitte neben der Balkontür stand ein bequem aussehendes Sofa. Links stand das Bett, durch eine halbe Wand vom Wohnraum abgetrennt. Dadurch konnte ihr kein Bewohner von den gegenüberliegenden Gebäuden beim

Schlafen zusehen. Nur beim Kochen und das auch nur mit Fernglas. Außer sie zog die Vorhänge zu. Das Bad war nicht riesig, aber groß genug. Selbst Waschmaschine und Trockner waren vorhanden. Hier würde sie sich wohlfühlen.

Auspacken konnte sie morgen. Sie schickte schnell ein paar Nachrichten an ihre Familie und engsten Freunde, dass sie gut angekommen war. Viele Smileys und Herzen kamen zurück. Monika freute sich für sie und schrieb, dass sie sich auch gut eingelebt hatte. Christianas Beine flehten nach dem langen Flug geradezu nach Bewegung. Bevor die Geschäfte zumachten, wollte sie noch schnell ein paar Kleinigkeiten zum Frühstücken besorgen.

Fünf Minuten später bog sie in die King Street ab. Gemütliche Bars und einladende Restaurants wechselten sich ab mit kleinen Geschäften, Läden und Coffee-Shops. Keine Hochhäuser warfen hier Schatten. Die Fassaden aus Backstein oder Holz erinnerten sie teilweise eher an eine englische Kleinstadt. Ein paar Blocks weiter fand sie eine Mischung aus Drogerie und Supermarkt. Die Kassiererin war ganz angetan von ihrer mitgebrachten Stofftasche und wünschte ihr einen schönen Abend.

Das war er auch, dachte Christiana, als sie müde und zufrieden ins Bett schlüpfte.

4

Die Aufzugtür stand offen. „Guten Morgen! Ich habe deine Tür gehört und gedacht, ich warte auf dich", lachte sie ein junger farbiger Mann mit Baritonstimme an. Wie oft war ihr so etwas in Deutschland passiert? Seine langen, schwarzen Braids hatte er zu einem Dutt oben am Kopf aufgetürmt, so dass er fast zwei Köpfe größer als sie wirkte. Die Enden seiner Zöpfe wippten vorwitzig bei jedem Wort.

David, wie er sich vorstellte, war erst seit kurzem in der Stadt und auf dem Weg ins Fitness-Studio. Zu dem er hin joggte! Am liebsten ging er morgens, bevor es im Studio voll wurde. Es gab auch eine Spinning-Session dort, bestätigte er ihr.

„Komm doch einfach mit", sagte er spontan. „Na los, gib dir einen Ruck." Aber Christiana hatte schon eine Vorstellung, wie sie ihren ersten Tag verbringen wollte und ein bekannter Markt in einem Backsteingebäude stand ganz oben auf der Liste.

„Dann sehen wir uns eben zum Lunch im St. Lawrence Market. Auch gut", lachte er. Sie schaute ihn verdutzt an. Woher wusste er das? Doch David hatte schon seine Kopfhörer aufgesetzt und rannte los.

Gleich um die Ecke bei ihr hinter dem überschaubaren Park sah sie ein kleines Café. Die Besitzerin goss gerade die Blumen draußen an der Treppe. „Was für ein wunderschöner Tag", strahlte sie.

Mehr Einladung brauchte Christiana nicht, um sich hier ihren Bambus-Kaffeebecher mit Cappuccino füllen zu lassen.

Sie liebte kleine Lokale, bei denen mit Herz gekocht und gearbeitet wurde. Dass das auch für dieses galt, schmeckte man sofort beim ersten Biss in den saftigen Kuchen.

An der King Street angekommen bog sie Richtung Osten ab. Samstag schien der Fitness-Studio-Tag in Toronto zu sein. Von den wenigen Menschen auf der Straße trugen fast alle Sportkleidung. Ein paar Meter weiter, zwischen Bürgersteig und Schienen, auf denen alle paar Minuten eine rotweiße Straßenbahn leise vorbeiglitt, luden Holzsessel in erfrischenden Farben zu einer kleinen Pause ein. Doch der Kaffee und ihr Plan, möglichst viel zu sehen, ließen sie weitergehen.

Als nächstes fiel ihr ein Laden auf, der irgendetwas mit Essen zu tun hatte. Dafür war es zu früh. Aber ihre Neugier war geweckt und sie machte ein Foto als Gedächtnisstütze. Nach der nächsten Kreuzung reihte sich ein Restaurant an das nächste. Kreative Namen wechselten sich mit witzigen Hausfassaden ab. Ein gewisser Fred war offensichtlich nicht hier. Dachterrassen luden zum Genießen in etwas luftigeren Höhen ein.

Mit jedem Schritt wuchsen im Hintergrund die spiegelnden Glaswände von Hochhäusern heraus. Auf die kulinarische Meile folgte eine Kunstinstallation, die schwarzen Frauen der Popkultur Tribut zollte. Verschwommene Fotos von Sängerinnen wie Nina Simone oder Josephine Backer wollten verdeutlichen, wie deren Errungenschaften zu verblassen drohten. Ganz im Gegensatz zu denen weißer, oft männlicher Künstler, die nicht selten von ihren erfolgreichen schwarzen Kolleginnen inspiriert worden waren.

Christiana ließ sich vom Charisma der porträtierten Heldinnen einfangen. Die Melodie von „Feeling Good" schwang sanft in ihrem Kopf und kam als leises Summen über ihre Lippen. Am liebsten hätte sie laut gesungen. Bei dem Gedanken an ihre Freundinnen, mit denen sie oft auf Hochzeiten gesungen hatte, ging sie beschwingt weiter. Nur um kurz darauf wieder abrupt anzuhalten.

Vor ihr im Gehweg begann der kanadische Walk of Fame. Die Sterne, vielmehr Ahornblätter in Sternform, waren einflussreichen Personen – entweder Einheimischen oder seit längerem in Kanada lebenden – aus Film, Musik, Kultur oder Sport gewidmet. Viele der Namen kannte sie, hätte aber nicht alle mit dem Land in Verbindung gebracht. Shania Twain, Céline Dion oder Bryan Adams waren klar. Michael J. Fox, Kim Cattrall, Kiefer Sutherland und sein Vater, Corey Hart, Nelly Furtado oder Sarah McLachlan nicht unbedingt. Pamela Anderson? Die Baywatch-Nixe war nicht aus Kalifornien?

5

Es war windiger geworden. Trotz der Sonne auch kühler. Vor ihr lag eine schattige Schlucht, gebildet von den Hochhäusern der Finanzbranche. Im krassen Kontrast zu den blankpolierten, blumenumrahmten Bronzestatuen vor einem Eingang sah sie an der Ampel jemand Obdachloses auf dem Gehweg liegen. Vielmehr über dem Luftschacht der U-Bahn, dessen aufsteigende Wärme sicher ausschlaggebend für die Wahl des Platzes war.

Christiana konnte nicht erkennen, ob es eine Frau oder ein Mann war. Der gesamte Körper war fest unter einer Decke versteckt. Es war, als könnte sie die Scham der Person direkt spüren. Sie warf einige Münzen in die Pappschachtel. Nachdenklich ging sie weiter.

Wie um ihre besorgten Gedanken zu vertreiben, schien ihr auf einmal die Sonne direkt ins Gesicht. Zwischen den Häusertürmen tat sich ein Durchgang auf. Dahinter sah sie eine grüne Wiese. Irgendetwas lag darauf. Sie ging näher. Es war eine Herde bronzener Kühe. Ein Stück weiter zurück Richtung King Street führte eine Treppe nach unten. Jedoch nicht zu einer U-Bahn-Station.

„Path" leuchtete in bunten Buchstaben an einem Pfosten. Ein unterirdisches Tunnelnetz im Zentrum der Stadt, das Fußgänger vor allem in der kalten Jahreszeit auf über 30 Kilometer vor Wind und Wetter schützte. Der erste Spatenstich dafür hatte im Jahr 1900 stattgefunden. Die Farbe der einzelnen Buchstaben stand jeweils für eine Himmelsrichtung. Laut dem Guinness Buch für Weltrekorde gab es derzeit kein größeres System unterirdischer Gänge. Doch der Tag war zu schön, um abzutauchen.

Schnell ging sie weiter. Das Finanzviertel stand heute nicht auf ihrer Liste bevorzugter Orte. Außerdem meldete sich langsam der Hunger. Sie bog in eine Seitenstraße ab. Vor ihr lag eine Baustelle. Nicht ganz sicher, ob sie richtig war, sprach Christiana eine junge Frau an.

„Entschuldige. Bin ich hier richtig? Ich möchte zum St. Lawrence Market." Die Frau strahlte sie an. „Hey cool! Ja, es ist nicht weit. Einfach da vorne links, dann geradeaus und an der nächsten Kreuzung rechts. Du siehst ihn sofort." Hilfsbereitschaft stand bei Torontonians anscheinend sehr hoch im Kurs.

In dem Backsteingebäude wuselte es. Stände mit frischem Obst und Gemüse reihten sich an lange Fleischtheken. Käse und Gewürze wechselten sich ab mit duftendem Brot oder rohem Fisch auf Eis. Appetitanregende Gerüche von frisch Gegartem reizten ihre Sinne von allen Seiten. Obwohl die Gänge voller Menschen waren, herrschte kein Gedränge vor den Geschäftsständen. Paare mit Kinderwagen wurden respektvoll durchgelassen. Viele schienen regelmäßig herzukommen und beim Händler ihres Vertrauens einzukaufen. Die Preise waren auch nicht teurer als im Supermarkt von letztem Abend.

Nachdem sie zum zweiten Mal eine Runde gedreht hatte, wusste sie immer noch nicht, was sie essen wollte. Worauf hatte sie nur Lust? Einen Burrito? Salat? Schweinelende in Maismehl? Letzteres wurde als lokale Spezialität angepriesen.

„Hey Sonnenschein", rief plötzlich eine bekannt klingende Stimme. „Willkommen im Foodie-Himmel - oder auch Hölle der Entscheidungen. Je nachdem, wie man es nimmt." Ihre Aufzugbekanntschaft von heute Morgen stand lachend hinter ihr.

„Komm, ich geb dir ein paar Austern aus. Danach ziehen wir uns ein Crab Cake rein." Manchmal war es gut, wenn ein anderer die Entscheidung traf.

Ungläubig stand sie vor der Tafel neben der Fischtheke. Es gab unzählige Sorten von Austern. Jede mit einem mehr oder weniger appetitanregenden Namen. Die meisten stammten von der Ostküste, erklärte der Verkäufer. Aber sie hatten auch einige von der Westküste. Ganz besonders große Austern gehörten zur Gattung der Gigas. Aus reiner Neugier wählte sie aufgrund der Namen je eine Raspberry Point, Fiddler's Cove und Mystic.

David entschied sich für eine Macintosh und zwei Gigas: eine Beach Angels und eine Fat Bastard. Eine Wahl, die der Verkäufer augenzwinkernd guthieß. Christiana lachte herzhaft. Sie erfuhr, dass David vor zwei Wochen von Berlin in die Stadt gekommen war und an einer neuen Geschäftsidee arbeitete. Er bezeichnete sich als jemand, der alles „hacken" konnte – im positiven Sinn.

„Dann bist du ein Ethical Hacker?", fragte Christiana, nachdem sie die erste Auster geschlürft hatte. „Nicht wirklich. Ich bin Ingenieur und am liebsten baue ich Sachen." Wichtig war ihm, die sozialen Auswirkungen seiner Arbeit zu berücksichtigen. Der Inkubator an der größten Universität der Stadt hatte ein neues Programm aufgelegt - speziell für Schwarze Gründer. Dort war er angenommen worden.

In den nächsten Monaten würde er Unmengen von Code schreiben, Bauteile auf Boards verlöten und einen lernfähigen Transportroboter bis hin zur Kleinserienreife entwickeln. Irgendwie war er noch nicht ganz zufrieden mit dem ersten Entwurf des geplanten Endprodukts.

Es gab einen vielversprechend großen Markt dafür, nicht nur rein rechnerisch auf dem Papier. Endkunden wurden immer bequemer beim Einkaufen. Potenzielle Firmenkunden hatten einen großen Bedarf in persönlich geführten Interviews bestätigt. Sonst wäre er im Inkubator für das sogenannte Sandbox-Programm – für Gründer, die noch ziemlich am Anfang standen – nicht genommen worden. Doch sein Bauchgefühl sandte schwammige Signale, ob so ein Transportroboter wirklich das Richtige für ihn war.

„Oder der fette Bastard und die Strandengel vertragen sich nicht", scherzte sie. „Aber mal ernsthaft. Ich bin mir sicher, dass deine Lösung zur richtigen Zeit kommt. Die Leute bestellen immer mehr im Internet und die Paketlieferanten können das schon fast nicht mehr bewältigen. Allerdings ist die Vorstellung, dass neben mir auf den Bürgersteigen oder im Treppenhaus vierbeinige Roboter rumlaufen, schon komisch. Wie seid ihr denn auf DEN Hund gekommen?", wollte Christiana wissen.

David lachte. „Es gibt ja schon ein paar Ideen. Viele haben Räder und funktionieren nur auf geraden Wegen. Pilotprojekte werden zum Beispiel in Houston, Phoenix oder San Francisco gefahren. In Ann Arbor gibt es seit kurzem ein weiteres mit einer Art Dreirad. Eine Lösung auf Beinen stammt von einer Firma, für die ich nicht arbeiten möchte. Die sind mir zu creepy. Bei einer anderen mit ähnlichem Design könnte ich vielleicht reinkommen. Nur hoffentlich nicht als Quoten-Schwarzer.“

David verzog das Gesicht. „Wenn ich ehrlich bin, will ich lieber etwas Eigenes mit Gleichgesinnten aufziehen.“

Der Tag, an dem fahrerlose Fahrzeuge standardmäßig Pakete und Pizza ausfuhren, würde in einigen Teilen der Welt nicht mehr allzu lange auf sich warten lassen. In Logistiklösungen war viel Musik drin.

Die Länder mit dem größten Anteil am Onlinehandel waren China, USA, Großbritannien und Japan – mit jährlichen Wachstumsraten von 10 bis 25 Prozent. Deutschland war mit etwa fünf Prozent moderater, doch allein dort rechnete man bis 2022 mit insgesamt 4,3 Milliarden Sendungen pro Jahr.

Die Paketdienste waren heute schon überlastet und Personal schwer zu finden. Kein Wunder. Die großen Handelsplattformen hatten mit ihrer Marktmacht den Logistikdienstleistern extrem niedrige Preise aufgedrückt.

Genau das beschäftigte David. Höchstwahrscheinlich würden Lösungen wie seine die bereits großen Firmen noch größer machen. Aber ihn reizte die technische Herausforderung. Denn im Gegensatz zu den Bedingungen, die bei der Sicherheit von selbstfahrenden Autos auf der Straße eine Rolle spielten, gab es bei autonomen Lösungen auf der letzten

Meile noch mehr Details zu berücksichtigen.

Die Roboter mussten sich mit den größeren Lieferfahrzeugen, die die Pakete von den Logistikzentren in die einzelnen Stadtbezirke brachten, verständigen können. War das gelöst, kam die nächste Hürde: die sichere Auslieferung zum Kunden. Jeder Hauseingang war anders. Innen gab es entweder Treppen oder einen Aufzug, der bedient werden wollte. Hinterhöfe konnten verzwickt sein. Passanten galt es auszuweichen. Unfälle mit ihnen waren ein großes Risiko und entscheidend für die Akzeptanz der Lösung.

„Da wird dir sicher nicht langweilig", nickte Christiana. „Langeweile? Noch nie davon gehört", zwinkerte David. „Aber genug von mir. Was treibt dich nach Toronto?"

Während sie zum nächsten Fischstand schlenderten, erzählte sie von ihrem Sabbatical und dass sie sich über ein paar Dinge klarwerden wollte. Nicht ihre ganze Lebensgeschichte. Dafür kannten sie sich zu wenig. Sie war auch nicht auf einen Flirt aus. Er zum Glück ebenfalls nicht, wie es schien.

Nach dem letzten Bissen Crab Cake verabschiedete er sich. „Komm doch mal auf einen Cappuccino im Büro vorbei", lud David sie ein. „Oder melde dich, wenn du die Stadt unsicher machen willst. Ich kenn da schon ein paar nette Leute und Locations."

Warum nicht? Neue Freunde eröffneten neue Blickwinkel.

6

Die erste Woche verging wie im Flug. Wie in München auch, startete sie mit einer morgendlichen Routine in den Tag. Entweder ging sie ins Fitness-Studio um die Ecke oder weckte ihre Energie mit einer Yoga-Session zuhause, gefolgt von einer ordentlichen Portion frischen Früchten mit Müsli. Dabei las oder hörte sie Nachrichten. Dann ging es raus in die Stadt. Es gab so viel zu entdecken. Jeder Stadtteil hatte seinen eigenen Charakter, seinen eigenen Charme. Toronto schien wie eine Verflechtung von Orten, die über die Zeit zusammengewachsen waren.

Christiana hatte sich noch nicht entschieden, welcher Teil ihr Favorit war. Mal war ihr nach dem viktorianischen Flair des Distillery District, besonders wenn sich ein Jazzkonzert anschließend mit japanischen Nudeln und Cocktails verbinden ließ. Mal zog es sie in eine der vielen kleinen Kunstgalerien im westlichen Teil der Queen St. West, um danach durch das Viertel zu schlendern, neue Murals zu entdecken oder auch in einem bisher unentdeckten gemütlichen Café bei einem Aperol die Melange an Menschen dort vorbeiziehen zu sehen. An anderen Tagen sehnte sie sich nach dem Trubel im quirligen Downtown.

Heute war sie seit ihrer Morgenlektüre sehr nachdenklich gestimmt. Ein Artikel zeigte das Potenzial an Ungerechtigkeit, das der Einsatz von neuen Technologien wie künstliche Intelligenz immer noch mit sich brachte. Eine französische Firma hatte ein System zur Gesichtserkennung entwickelt. Es wurde bereits beim FBI, aber auch von der

Polizei in Frankreich und Australien zur Identifizierung von Kriminellen eingesetzt.

Zwei neue Varianten waren für Grenzkontrollen entwickelt worden. Der Test hatte jedoch ergeben, dass beim Abgleich von Gesichtern Schwarzer Frauen mit Fotos aus einer Datenbank vom Algorithmus zehn Mal häufiger falsche Übereinstimmungen angezeigt wurden als bei denen weißer Frauen. Am wenigsten Fehler gab es bei Männern weißer Hautfarbe. Angeblich lag es an den physischen Unterschieden, insbesondere in der Pigmentierung der Haut, die die Algorithmen anders verarbeiteten und dadurch zeitlich versetzt dazulernten.

Doch Systeme wurden von Menschen entwickelt. Deswegen bestimmten die Fähigkeiten und Denkweisen des Entwicklerteams wie gut sie waren. Genauso ausschlaggebend war die Vielfalt an Daten, mit denen sie antrainiert wurden. Und da waren Daten zu dunkleren Hautfarben oft Mangelware. Selbst die Algorithmen der Branchenriesen wiesen Fehler bei Menschen Schwarzer Hautfarbe deutlich häufiger auf.

Was konnte getan werden, damit sich die Menschen solcher Unterschiede bewusster waren und sie bei der Entwicklung neuer Anwendungen berücksichtigten? Es hieß ja nicht umsonst, aus den Augen aus dem Sinn. Wenn also in der unmittelbaren Umgebung nicht verschiedenste Facetten präsent waren, wurden sie auch nicht berücksichtigt. Wie ließ sich darauf aufmerksam machen, ohne gleich einen Stempel für aufdringliche Weltverbesserung zu erhalten?

Jetzt saß sie in dem Lokal, dass ihr am allerersten Tag aufgefallen war. Seitdem war sie dort recht regelmäßig. Das Konzept war simpel und gleichzeitig fantasievoll. Der Laden hatte sofort ihr Herz gewonnen als sie an der Theke eine Poké Bowl mit rohem Fisch und Gemüse, Mango, Sushireis und verschärfter Soße bestellte. Die Kassiererin hatte nach ihrem Namen gefragt und dann ihrem Küchenteam zugerufen: „Christiana leistet heute Erstaunliches". Wer würde da nicht sofort in gute Laune verfallen?

Alle Gerichte hatten ein Adjektiv als Namen und wurden bei jeder Bestellung frisch zubereitet. Ein anderes Mal, als sie ihr Müsli in recyclebarer Pappschale mit kompostierbarem Besteck mitnahm, war sie „verträumt". Nach langem Überlegen hatte sie heute entschieden, dass sie „dankbar" war. Das stimmte auch wirklich.

Bisher hatte es nur eine Situation gegeben, in der sie sich unwohl fühlte. Ein Mann, der sich äußerlich nicht von den anderen Passanten im Finanzviertel unterschied, hatte sie mit einer unerwarteten Aggressivität angesprochen. Aber eigentlich hatte er gar nicht mit ihr geredet, sondern schien nur ein Ventil zu suchen, um seine tiefsitzende Verzweiflung loszuwerden. Kein kurzer Frustausbruch über ein missglücktes Geschäft oder ein unglückliches Treffen. Es war eine Tirade gegen alles und jeden. Dabei wirkte er nicht wirklich verwirrt. Was war diesem Mann nur Tragisches zugestoßen?

Während sie jetzt geröstete Kichererbsen mit Edamame, frischer Zucchini und Wassermelonen-Rettich zwischen den Nudeln jonglierte, überlegte sie, was sie tun wollte. Die Stadt zu erkunden machte Spaß, aber sie wünschte sich auch etwas Konkreteres. Nur was?

Irgendetwas, bei dem sie helfen konnte. Sie beschloss, zum Queens Park zu gehen. Universitäten hatten immer etwas Inspirierendes. Im Zickzack ging sie die kleineren Straßen abseits der großen Verkehrsadern nach Norden. Bei der City-Hall stemmte sich der übergroße Schriftzug mit seinen bunten Farben gegen den wolkenverhangenen Himmel. Doch das Wetter hatte noch nie einen großen Einfluss auf ihre Stimmung gehabt.

Vor dem Queens Park wollte sie schon links in die College Street einbiegen, als ihr Blick ein Plakat nahe dem Denkmal für Feuerwehrmänner streifte. Inspiriert davon bog sie kurzerhand rechts ab. So spontan wie David war, würde er sich sicher über einen Besuch freuen.

„Wo brennt's denn?", begrüßte er sie ausgelassen am Empfang. „Hoffentlich nicht auf deiner Leiterplatte", kam postwendend ihr Kommentar. „Das Einzige was heute glüht, ist meine Tastatur. Bin am coden und mitten in einer kniffligen Sache. Also danke, dass du mich rettest bevor meine Finger Feuer fangen."

Der Inkubator war im sechsten Stock des Gebäudes untergebracht. Von seinem Schreibtisch aus konnte David den ganzen Platz davor überblicken. Mit den großen bunten Werbetafeln erinnerte er etwas an den Times Square.

Während David sie herumführte, wechselte er mit jedem ein paar freundliche Worte. Sei es, dass er eine technische Frage beantwortete, die Arbeit einer Kollegin lobte, sich bei einem anderen schnell ein paar Zeilen Code ansah und kurz seine Finger über dessen Tastatur fliegen ließ oder sich mit jemand zu einer Kaffeepause später verabredete.

Kurz schwappte in ihr das Gefühl von Einsamkeit auf. Sie wollte sich schon verabschieden, als David ihr eine junge Frau vorstellte. Ashley verantwortete das Marketing des Gründerzentrums und war eine glühende Vertreterin von Diversity. Das Programm für Schwarze, an dem David teilnahm, lag ihr dabei sehr am Herzen.

Zu den kanadischen Gründungspartnern der Initiative gehörten eine große Investment-Bank und eine weltweit führende Softwarefirma für e-Commerce Lösungen. Das Programm im Inkubator war anspruchsvoll, keine Frage.

Aber es gab den Teams die Möglichkeit, eng mit erfahrenen Industrieexperten und Mentoren aus der digitalen Welt zusammenzuarbeiten. Über das Netzwerk der Universität hatten sie Zugriff auf Personen aus dem Investment- oder Forschungsbereich. Die Teams hatten dabei nicht nur mitten in der Innenstadt von Toronto einen Platz zum Arbeiten, sondern wurden auch bei der Suche nach bezahlbarem Wohnraum unterstützt.

Eine Viertelstunde und einen Cappuccino später hatte Christiana eine Aufgabe, die so überraschend wie auch gerufen kam. Seit einiger Zeit war Ashley schon auf der Suche nach jemandem gewesen, der sie bei der internationalen Vermarktung des Programms unterstützte. Denn nur wenn genügend Schwarze Menschen von dem Programm wussten und sich auch bewarben, würden sie ihr Ziel erreichen: mehr Diversity im Gründungsumfeld.

Es war kein Vollzeit-Job. Christiana konnte sich die Zeit frei einteilen. Um die entsprechende Arbeitserlaubnis würde sich jemand vom Inkubator kümmern. Das ging erfahrungsgemäß recht schnell. Sie würde sogar schon an der großen Technologiekonferenz in einigen Tagen teilnehmen und das Standteam unterstützen. Viele Startups des Inkubators präsentierten sich dort auf der Suche nach Kunden und neuen Investoren.

„Das muss gefeiert werden. Was hältst du davon, wenn wir heute Abend unter schwarzer Flagge segeln?", verabschiedete sich David mit einem verschwörerischen Zwinkern. „Ganz gechilled bei coolem R&B Sound." Auf ihren fragenden Blick hin weihte er sie ein.

Zuerst war sie skeptisch. Normal war alles, was mit großen Wasserflächen zu tun hatte nicht ihr Ding. Vor dem Meer hatte sie nachts sogar richtig Angst. Das Rauschen in der Dunkelheit war ihr zu unheimlich. Es drückte für sie eine unkontrollierbare Kraft aus. Aber sie wollte kein Spielverderber sein. David schaute sie so begeistert an. Es freute sie auch sehr, dass er sie dabeihaben wollte.

Er legte den Kopf schief. „Komm, gib dir einen Ruck. Ich pass auf dich auf." Wie konnte sie da ablehnen? Es klang tatsächlich nach einem ungewöhnlichen Abend.

Sie konnte nicht ahnen wie ungewöhnlich.

7

Der Gedanke an die neue Aufgabe hatte sie den ganzen Nachmittag wie auf einer Wolke getragen. Es war immer wieder erstaunlich, wie schnell sich Dinge entwickeln konnten. Als ob sich manche Wünsche von selbst erfüllten.

Der Job war perfekt. Sie würde neue Leute kennenlernen, etwas Sinnvolles bewirken und hatte noch genügend Zeit für anderes. Abends ging sie den ganzen Weg quer durch die Stadt zu Fuß – noch immer voller Energie. Irgendwie war ihr heute nach Ed Sheeran. Sie stellte die Playlist auf Repeat. In einem seiner Lieder hieß es „überwinde deine Angst". Sie war wirklich gespannt, was der Abend für sie bereithielt.

Unterwegs fiel ihr ein kleines Café auf der anderen Straßenseite auf. Es war unaufdringlich und hatte doch etwas Anziehendes an sich. Vielleicht war es der Name, der sie an eine Tante erinnerte. Auf der langen Holztheke lockten selbstgebackene Kekse unter Glasdeckeln. Eine Schiefertafel listete Gerichte aus natürlichen und lokalen Zutaten auf. Eine andere mit Gin-Cocktails führte sie fast in Versuchung.

Bei einem Espresso erfuhr sie von der Barista, dass der Name des Cafés eine Hommage an eine längst nicht mehr existierende Straße war – damals ganz in der Nähe des Flat Iron Buildings, das eigentlich Gooderham Building hieß. Die Straße war so etwas wie das Rotlicht-Viertel der Stadt gewesen und hatte im neunzehnten Jahrhundert Menschen, für die kein Platz in der Gesellschaft war, ein Zuhause gegeben. Dann überrollte eine Cholera-Welle die Stadt. Wer war schuld? Natürlich diejenigen, zu denen sich die Reichen und Mächtigen im Schatten der Nacht für ihre Schäferstündchen geschlichen hatten.

Christiana kam pünktlich am Pier beim Lakeshore Boulevard an. Der Himmel hatte sich weiter zugezogen, doch es regnete nicht. David stand bereits mit einer Gruppe junger Leute vor dem Schiff.

„Da kommt ja unsere Rettung", rief er ihr strahlend entgegen. „Chrissy wird uns heute mit ihrer einfühlsamen Stimme über die Wellen schaukeln", drehte er sich zu seinen Freunden um. Sie war so verdutzt, dass sie erst einmal lauthals lachte.

„Wie kommst du denn auf die Idee?", fragte sie immer noch lachend. „Du hast schon Fans hier, von denen du noch nichts weißt", zwinkerte er. Schnell stellte sich heraus, dass seine Nachbarin Christiana morgens in ihrer Wohnung gehört hatte. „Du singst sicher nicht nur zum Spaß", sagte Verena anerkennend.

Die Sängerin der kleinen Band, die während der Bootsfahrt für die richtige Stimmung sorgen sollte, war kurzfristig krank geworden. Beim Blick auf die geplante Set-List fiel Christiana nur ein einziges Lied auf, das sie nicht kannte. Sie hatte tatsächlich richtig Lust zu singen. Gedanken, worauf ihre Entscheidung einen Einfluss haben könnte, schob sie schnell beiseite. Damit stand einem unvergesslichen Abend nichts mehr entgegen.

Bevor sie an Bord ging, war ihr schon etwas mulmig zumute, da die Dämmerung alles in ein schummriges Licht tauchte. Die Piratenflagge und das hölzerne Boot, das sie sich größer vorgestellt hatte, gaben dem Ganzen einen abenteuerlichen Touch. Das Wasser wirkte von der Reling aus viel näher als ihr lieb war. Auf dem Boot gab es fast keine Sitzplätze, wodurch das Schaukeln auf den Wellen auch noch ihren Gleichgewichtssinn auf die Probe stellte.

Die leisen geflüsterten Unterhaltungen, kurze Videoaufnahmen von ihr und der Applaus nach jedem Lied sprachen für den Charakter der Clique. Das gab ihr Mut. Schon bald fühlte es sich an wie ein Familientreffen und sie vergaß, wie bedrohlich Wasser für sie in der Nacht normalerweise war. In einer Pause unterhielt sie sich mit einem Mann, der etwa so alt war wie sie.

Hamoun war zum Großteil in Toronto aufgewachsen und in seiner Jugend nicht viel gereist. Das holte er jetzt nach. Reisen war zu einer Leidenschaft geworden. Es brachte ihm andere Kulturen und Denkweisen nahe. Südafrika und Asien hatten es ihm besonders angetan. Singapur war okay, aber Seoul gefiel ihm besser. Vor ein paar Jahren war er, beeinflusst von den begeisterten Erzählungen seiner Freunde, nach Taiwan gegangen und hatte jetzt dort seine zweite Firma gegründet.

Umweltschutz und nachhaltiges Leben waren ihm sehr wichtig. Deswegen entwickelte er einen Sensor, mit dem der Füllstand von Mülltonnen gemessen und dann per Funk weitergegeben wurde. Denn viel zu oft wurden Mülltonnen zu früh gelehrt. Das war nicht nur unnötig, sondern bot ein hohes Einsparpotenzial, das letztendlich auch wieder der Umwelt zugutekam. Die nächsten zwei Wochen besuchte er seine Schwester, die auch mit auf dem Boot war und noch in Toronto lebte. Es war windiger geworden und nieselte ganz leicht. Sie nieste. Sofort brachte Hamoun ihr eine Decke. Die meisten anderen hatten sich ebenfalls eingemummelt.

Der Blick auf die Stadt war trotzdem wunderschön und verhältnismäßig klar. Nach fünf weiteren Liedern legten sie wieder am Pier an. Der Ausflug fühlte sich im Nachhinein viel kürzer als zwei Stunden an, doch der Abend war noch lange nicht vorbei.

David hatte für alle einen Tisch in einem angesagten Fischrestaurant reserviert. Christiana war gespannt, ob die Austern auf die Cocktails abgestimmt wurden oder anders herum. Wie sich herausstellte, gab es auch Hummer und verschiedenes Fisch-Finger-Food. Verena, ihre gemeinsame Nachbarin, balancierte gerade einen Teller und ein Glas in der linken Hand, während sie einen Spieß abknabberte. Ihre Sommersprossen und roten Haaren leuchteten unter der Deckenlampe.

Sie war für ein Projekt schon etwas länger in der Stadt, arbeitete als selbständige Fotografin und Texterin und erstellte Videoporträts. Ihr Herzblut hing an Geschichten – ob gelesen, gefilmt, geschnitten, geschüttelt oder gerührt. Sie liebte es, neue Menschen kennenzulernen, von ihren ungewöhnlichen Erfahrungen zu hören und diese dann im passenden Rahmen in Szene zu setzen. Schmunzelnd zeigte sie Christiana ein paar Aufnahmen vom Boot. Die Clique stand ihr gegenüber während sie sang und schien wie fixiert. Durch die einzelnen Gesten war der Groove des Abends deutlich spürbar.

Verena hatte einen kurzen Moment gebraucht, um zu verstehen, dass sie auf besondere Lichtverhältnisse achten musste. Sonst verschmolz die Sängerin mit dem Nachthimmel. Christiana lachte laut auf. „Das kenne ich schon. Die wenigsten denken am Anfang daran, weil sie es nicht gewöhnt sind." Ihre Hautfarbe hatte auch noch einen anderen Nebeneffekt. Wenn es ihr nicht gut ging – egal ob sie einen Grippevirus oder Hangover mit sich rumschleppte – war ihr das nicht sofort anzusehen. Sie wurde ja nicht blass deswegen, zwinkerte sie.

Auf den Fotos fand sie sich jedenfalls sehr gut getroffen. Zwischen zwei Bissen erfuhr sie, dass Verenas großer Traum war, die Welt zu bereichern und bunter zu machen – mit den Geschichten und Visionen von Menschen, deren Stimme es verdiente gehört zu werden. Christiana bekam eine Gänsehaut.

Wie war es möglich, in so kurzer Zeit auf Menschen zu treffen, mit denen sie sofort etwas verband?

8

Rechtzeitig vor der großen Technologie-Konferenz kam ihre Arbeitserlaubnis. Christiana traf sich mit Ashley, um die Einzelheiten zu besprechen. Während der drei Tage würde sie jeweils für ein paar Stunden am Stand aushelfen. Den Rest der Zeit konnte sie Vorträge oder andere Aussteller besuchen. Ashley gab ihr jede Menge Material über den Inkubator und das viermonatige Stipendium für Schwarze, die ihre Gründeridee pushen wollten.

Für das Wochenende war Sommerwetter angesagt und Christiana beschloss, dass ein Tag am See genau das Richtige war, um alles zu verinnerlichen. Die Frage war nur, ob sie morgen zu einer der Inseln fahren wollte oder zum Strand im Osten der Stadt. David hatte sie angefunkt. Er traf sich abends mit ein paar Leuten in der Brauerei am alten Eisenbahngelände. Bier war eigentlich nicht so ihr Ding, ein lustiger Abend schon. Und das war es immer mit ihrer kleinen Clique.

Alle saßen an der Theke, als sie kam. Verena und Hamoun heckten gerade irgendeine Idee aus. David hatte den Arm um eine junge Frau gelegt, deren unzählige blonde Locken mit seinen Braids Tango tanzten. Beide schienen glücklich auf ihrer eigenen Insel inmitten des Trubels gestrandet zu sein. Sie umarmte Verena und Hamoun zur Begrüßung und bestellte ein Munich Lager. Etwas, das sie an zuhause erinnerte.

Neben ihr saß eine Frau, die sich gerade mit der Managerin unterhielt. Beide fuhren Motorrad, wie sie mitbekam. Interessanterweise wurde ihr auch die Entscheidung abgenommen, an welchen Strand sie morgen fahren sollte. Denn die beiden sprachen darüber, dass Teile der Inseln im Ontariosee noch durch die Schneeschmelze überschwemmt waren. Also würden es die „Beaches" im Osten der Stadt werden.

Hamoun stupste sie an und erzählte ihr und Verena strahlend, wie er letztens nach dem Piratenschiff-Trip noch in einer Hush Bar gelandet war. Ihr fragender Blick ermunterte ihn. Er war vom Fischrestaurant mit ein paar der Jungs zu einem Club weitergezogen. Nach ein paar Drinks hatten sie festgestellt, dass es eine versteckte Seitentür gab, die zu einer kleinen, geheimen Bar führte.

Fast wie in einem Spionagefilm saßen und standen dort Menschen, deren Bekanntschaft die meisten höchstens über das Cover von Hochglanz-Businessmagazinen machten. Hamoun hatte sich ein Herz genommen und sein Startup gleich mal einem bekannten und milliardenschweren Investor gepicht. Er schien mehr als höflich interessiert gewesen zu sein.

„Du gibst wirklich alles", lachte Christiana anerkennend, während sie ihr zweites Bier bestellte. Es war wider Erwarten sehr süffig. Plötzlich nahm David sie wahr. „Hey Chrissy – cool, dass du gekommen bist. Leni hier ist meine zweite Hälfte", stellte er ihr mit warmherzigem Blick seine Freundin vor. Sie hatte ein Lächeln, das in einem die schönsten Kindheitserinnerungen wachrief.

Leni lebte noch in Berlin, doch die beiden konnten nie sehr lange voneinander getrennt sein. Sie war leidenschaftliche Fotografin und für verschiedene Firmen als Markenbotschafterin tätig. Chrissy gefiel ihr Stil auf Anhieb. Sie trug einen weit geschnittenen weißen Anzug, der ihr eine lässige und trotzdem weibliche Eleganz verlieh, die gleichzeitig verspielt wirkte. Leni würde in nächster Zeit öfter nach Toronto kommen.

Vielleicht zog sie sogar hierher. Denn die Stadt gefiel ihr. Allerdings liebte sie auch Berlin.

9

Am nächsten Morgen vertrieb Christiana die letzte Müdigkeit mit einem Walkout zur Distillery. Von dort ging sie hoch zur Queen Street, um mit der Tram an den Strand zu fahren. Es war ein herrlicher Tag. Die Sonne strahlte warm und ein leichter Wind zog erfrischend durch die Straßen.

Die Fahrt mit der Tram führte vorbei an niedrigen Backsteinhäusern, die von Büros in Wohnhäuser übergingen. Das Viertel nach der Brücke über den Don River erschien ihr nicht sonderlich anziehend. Ein paar Blocks weiter westlich wurde es wieder fröhlicher. Bunte Gebäude mit Cafés und Restaurants, auf deren Außenterrassen Familien mit Kindern ihr Wochenendfrühstück genossen, wechselten sich ab mit kleinen Geschäften. Je näher sie den „Beaches" kam, desto aufgeräumter und wohnlicher kam ihr die Gegend vor.

Bei den Kew Gardens stieg sie aus und ging über eine von hohen Bäumen gesäumte Nebenstraße hinunter zum Strand. Je näher sie dem Seeufer kam, desto gemütlicher wirkten die Häuser. Blumen schmückten Verandas, Hängematten auf Balkonen luden die Hausbewohner zum Lesen oder Schlafen ein und in fast jedem der gepflegten Gärten stand ein Grill. Auf der hölzernen Strandpromenade war das Freiluftleben bereits in vollem Gange.

Sie mischte sich unter Menschen, die Kinderwägen schoben, Hunde an der Leine ausführten, sich gegenseitig untergehakt hatten oder allein in rasantem Tempo an ihr vorbei joggten. Familien picknickten auf dem relativ breiten Sandstrand während Kleinkinder Burgen bauten. Liebespaare nahmen eng aneinander liegend ein Sonnenbad. Vereinzelt sah sie sogar Mutige, die der kühlen Temperatur des Sees trotzten und dafür von einigen Möwen scheinbar Anerkennung erhielten.

Eine Schautafel erklärte stolz die Bedeutung der blauen Flagge, die im Wind flatterte: es war die internationale Auszeichnung für hohe Wasserqualität und Sauberkeit sowie Sicherheit am Strand, aber auch für umweltfreundliches Handeln und Verwalten.

Nach einer knappen halben Stunde kam sie kurz vor dem Ende der Promenade zu einem Beach Club mit erhöhter Terrasse. Ein guter Zeitpunkt, um einen Cappuccino in der Sonne zu trinken. Alle Tische waren besetzt. Sie ging mit ihrem Getränk zurück zur Promenade, wo eben einer der bunten Holzstühle, die über die Stadt verteilt immer wieder zu sehen waren, frei geworden war.

Rechts neben ihr saß eine Frau, deren helle Strähnen in der Sonne durch die dunklen, fast schulterlangen Locken wie flüssiges Gold strahlten. Sie sah von ihrem Buch auf und begrüßte Christiana mit einem warmen Lächeln. Marie, wie sie sich kurz darauf vorstellte, gönnte sich eine kleine Erholungspause in der Natur, bevor sie ihren Sohn Adam vom Hockey-Training abholen und ein großes Abendessen mit ihrer Familie vorbereiten würde.

Als Christiana ihr erzählte, dass sie aus Bayern kam und zu einem ihrer Favoriten in Toronto das Distillery-Viertel zählte, war Marie ganz begeistert. Sie selbst war im Libanon aufgewachsen. Nach dem Abitur war sie in die USA gegangen, um Marketing und Internationales Business zu studieren. Was ihr an der Kansas State Universität besonders gut gefallen hatte, war die Internationalität: die meisten ihrer Freunde stammten aus Frankreich oder Deutschland. Aber neben Europa waren auch viele aus Afrika, Asien oder Lateinamerika an der Uni.

Christiana musste lachen, als Marie erzählte, wie alle sie das Computer-Lab-Girl nannten, weil es außer ihr dort nur vier männliche Assistenten gab. Doch ihre IT-System-Karriere war kurz, sie dauerte nur eine Visual Basic Vorlesung lang. Programmieren war gar nicht ihr Ding. Die Arbeit mit Computern machte ihr schon Spaß, aber nicht, wenn es darum ging, einen fehlenden Punkt in Unmengen von Code zu suchen.

„Ich bewundere Menschen, die dafür die Geduld haben", sagte sie. Christiana nickte zustimmend und dachte an den Spaß, den David dabei hatte. Marketing und eCommerce lagen Marie dafür umso mehr. Nach ihrem Studium begann sie als Analystin in dem Bereich und machte nebenbei ihren MBA.

Vor gut sieben Jahren war sie dann hierher ausgewandert. Zu der Zeit hatte es in Kanada wenig Personen gegeben, die sich auf den Einsatz von digitalen Technologien, insbesondere im eCommerce spezialisiert hatten. Zuerst war sie deswegen entmutigt, da es nicht allzu viele Arbeitsmöglichkeiten gegeben hatte. Zusammen mit ihren französischen Sprachkenntnissen war das aber dann ihre Trumpfkarte gewesen.

Aufgrund ihrer Erfahrung in dem Bereich konnte sie bei der Entwicklung von digitalen Strategien zu Nutzererfahrung und Kundenzufriedenheit unterstützen. Jetzt arbeitete sie bei einer der weltweit größten Entwicklungshilfeorganisationen, deren kanadisches Büro in Mississauga etwas östlich von Toronto lag.

Bei ihrer ganzen Arbeit mit der Kirche daheim hatte sich Christiana noch nicht eingehend damit beschäftigt, wie humanitäre Hilfe heutzutage mit Digitalisierung Schritt halten musste. Doch es erschien ihr logisch und sinnvoll, im Spendenbereich ähnliche Mittel anzuwenden wie bei der Vermarktung von Gebrauchsgegenständen. „Wie genau macht ihr das?", wollte sie von Marie wissen.

„Im Prinzip geht es darum, dass Spendenwillige den Besuch der Webseite in allen Bereichen so angenehm wie möglich empfinden, sich für bestens informiert halten und gleich direkt für unsere Projekte spenden." Daher sammelte sie Daten darüber, wie Besucher die Webseite nutzten und wie oft dies in Spenden resultierte.

Die Daten wurden ausgewertet und faktische Schlüsse daraus gezogen. Diese wiederum wurden innerhalb der Organisation an das Kollegenteam mit Vorschlägen zu Prioritäten weitergegeben, die daraufhin die Webseite anpassten und Kampagnen optimierten. Die ausgewerteten Daten sollten allen im Team bei ihren E-Mails, Newslettern oder Meetings helfen. Schließlich ging es wie auch in normalen Unternehmen darum, den ROI zu maximieren. Denn je mehr Spenden mit möglichst wenig internem Aufwand gewonnen werden konnten, desto besser für die Projekte, denen die Entwicklungshilfe zugutekam.

Am meisten gefiel Marie bei ihrer Arbeit, dass sie täglich Neues dazulernen und mit anderen aus unterschiedlichsten Teams teilen konnte. Besonders neue Herausforderungen reizten sie. Sie hatte schon immer Rätsel geliebt, bei denen sie Dinge kritisch hinterfragen und andere Perspektiven einnehmen konnte. Die Antworten und Lösung darauf waren die größte Belohnung. „Jetzt aber genug von mir", winkte Marie ab. „Was führt dich nach Toronto?"

Christiana überlegte kurz und lachte. „Ich suche auch nach Antworten, nur ist bei mir das Rätsel etwas komplexer."

Sie erzählte von der leisen Stimme in ihr und dem Gefühl, dass noch eine andere Aufgabe als ihr bisheriger Job auf sie wartete.

Marie nickte beeindruckt. „Es ist super mutig von dir, einfach so ein halbes Jahr an einen fremden Ort zu gehen, ohne zu wissen, was dich erwartet. Ich weiß nicht, ob ich das einfach so könnte." Auch wenn Marie eher auf Sicherheit setzte, teilte sie eine Überzeugung mit Christiana: es war wichtig, an die eigenen Entscheidungen zu glauben. Selbst wenn sich manche Dinge nicht so entwickelten wie gewünscht, ergaben die Ereignisse später oft einen Sinn. Loszulassen und darauf zu vertrauen, dass sich die Puzzleteile zusammensetzen würden, erleichterte vieles. Aber gerade das Loslassen war nicht immer einfach.

Wie gerne hätte sie sich jetzt noch länger unterhalten. Doch nach einem Blick auf ihre Uhr musste sich Marie verabschieden. Schnell schrieb sie ihre Telefonnummer auf ein Stück Papier. Vielleicht klappte es ja einmal, dass sie zusammen zu den Niagara Fällen fuhren oder wandern gingen?

Christiana blieb in der Sonne sitzen und zog die Unterlagen vom Inkubator aus der Tasche. Nachdem sie alles drei Mal genau durchgelesen hatte, schlenderte sie am Ufer Richtung Stadt zurück. Es war zwar schon später Nachmittag, doch der Tag war zu schön für Trambahnfahrten. Sie beschloss, zu Fuß zurückzugehen. Während sie an den Beachvolleyball-Plätzen vorbeiging, dachte sie an das Gespräch mit Marie zurück. Es war faszinierend.

Wie kam es, dass ihr das Universum immer wieder Begegnungen wie diese zuspielte?

10

Die Konferenz begann am späten Montagnachmittag, doch sie hatte sich ihr Ticket bereits am Vormittag geholt, um langen Schlange auszuweichen. Schließlich wurden fast 25.000 Besucher im Enercare Center erwartet. Nicht verwunderlich bei der Liste der Speaker, unter denen sich weitaus mehr Stars als Sternchen befanden.

Allen voran Kanadas Premierminister und Torontos Bürgermeister, gefolgt von weltweit erfolgreichen Gründern und Führungspersönlichkeiten der internationalen Tech-Szene, Regierungsvertretern und Größen aus dem Show- und Musikbusiness. Dank deren Teilnahme galt die Technologiekonferenz als die am schnellsten wachsende in Nordamerika.

Bevor es losging, hatte Christiana noch einige Zeit. Sie entschied sich für einen Spaziergang am See. Einen Regenschirm hatte sie zwar nicht dabei, aber das Risiko ging sie ein. Wer wusste schon, wie viel frische Luft sie in den nächsten Tagen bekommen würde? Auf ihrer Liste standen mehr Vorträge als sie besuchen konnte, ganz zu schweigen von den ausstellenden Firmen, Organisationen und Startups, die sie interessierten.

Sie ging über den Lakeshore Boulevard zur Promenade am See. Die inzwischen vertrauten Holzsessel trotzten mit ihren bunten Farben den ungemütlichen Böen. Sonnenstrahlen kämpften mit den Wolken um die Wette. Es war ein klares Unentschieden. Segelboote schwappten auf den vom Wind getriebenen Wellen in dem kleinen Hafen am Ufer. Ein Flieger stemmte sich in den Himmel, um schnell die kurze

Startbahn von Hanlan's Point auf der Toronto Insel hinter sich zu lassen.

Wie viele Geschäftsleute wohl wegen der Konferenz auf dem kleinen Flughafen landeten? Es hieß, er wurde viel genützt, besonders für Inlandsflüge. Das würde erklären, warum es neben der Fähre sogar einen Unterwassertunnel gab. Durch ihn gelangten Reisende auf Rollbändern zum Terminal. Christiana wehrte eben einen Schwarm winziger Fliegen ab, als sie einen kleinen, schnell größer werdenden Punkt in der Ferne registrierte.

Ein unverkennbares, vorwitziges Wippen am Kopf verriet ihn schon von weitem. David legte einen Sprint ein, als er sie erkannte. „Hey Sonnenschein. Vom Winde verweht?", rief er ihr fröhlich entgegen. „Fast. Was treibt dich heute so an?", erwiderte sie lachend.

Die Worte purzelten schneller aus ihm heraus als er gelaufen war. Er hatte eine neue Idee, ein neues Konzept. Es war anders als das ursprüngliche, hatte aber in gewisser Weise damit zu tun. „Erzähle ich dir in Ruhe. Morgen Frühstück?" Er lief bereits wieder los.

„Bin bis Donnerstag auf der Konferenz", rief sie ihm hinterher. „Ich ruf dich an." Er drehte sich halb mit einer Daumen-Hoch-Geste um, rannte weiter und war kurz darauf hinter den Bäumen verschwunden. Was für ein Energiebündel, schmunzelte sie. Immer für eine Überraschung gut.

Christiana ging bis zum kleinen Yachthafen gegenüber dem IMAX-Kino und genoss den Anblick der Skyline der Stadt. Über ihr segelte eine Möwe im Wind. Eine kurze Böe schob sie nach rechts, doch das störte die Möwe nicht. Mit einem kurzen Flügelschlag passte sie sich den neuen Bedingungen an. Wie viel man von der Natur doch lernen konnte. Christiana freute sich auf alles, was die Zeit hier für sie bereithielt. Und jetzt war es Zeit für die Konferenz. Sie wollte auf keinen Fall die Eröffnung mit dem Premierminister verpassen.

11

Christiana schlängelte sich vorbei an den langen Reihen der Besucher, die noch ihr Ticket holen mussten. Sie ergatterte einen Platz in den ersten Reihen vor der Hauptbühne. Gute Vorbereitung wurde belohnt. Das Licht war abgedunkelt. Die Luft schien zu knistern. Erwartungen der murmelnden Menschen um sie herum wurden gepusht von dem Bühnenbild.

Es war eine Mischung aus eisernem Thron und Feuer, das an eine erfolgreiche Serie erinnerte. Auch die Musik tat das. Viele der Serienfans stammten aus dem Tech-Umfeld. Als der Gründer der Konferenz auf die Bühne trat, brauste Applaus auf. Laute, anerkennende Pfiffe begrüßten ihn. Insgesamt verantwortete Paddy drei Tech-Konferenzen, die er mit seinem wachsenden Team in weniger als einem Jahrzehnt zu weltweiten Erfolgen geführt hatte.

Die europäische Konferenz in Lissabon war mit 70.000 Besuchern in 2019 die bisher größte. Das verlangte nach Respekt. Die Nordamerikanische hatte ihre Wurzeln in Las Vegas und war nach ein paar Jahren in New Orleans jetzt in Toronto gelandet. Hier würde sie mindestens die nächsten drei Jahre bleiben.

Besonders stolz war der Veranstalter auf die vielen

Länder – insgesamt 120 – aus denen die heutigen Teilnehmer stammten. Netzwerken war für ihn der wichtigste Bestandteil der Konferenz. Daher bat er alle kurz aufzustehen und sich den Nachbarn vorzustellen. Denn man konnte ja nie wissen, wer neben oder hinter einem saß. Christiana liebte Überraschungen wie diese. Und sie wurde auch dieses Mal nicht enttäuscht.

Als sie sich umdrehte, lächelte ein Mann mit dunkelblondem Vollbart sie an. Er stellte sich als Justin und Executive Director des Media Labs im Big Apple vor. Das Lab war aus einer Partnerschaft der Medienindustrie von New York und ihren Universitäten entstanden. Bertelsmann, Blomberg, Hearst, Audible, Shutterstock und die New York Times waren nur einige der prominenten Partner. Durch das Lab hatten sie Kontakt zu Studierenden, die an den Universitäten der Stadt verschiedene Technologien erforschten. Dort konnten die Firmen auch direkt mit den Studierenden Prototypen für neue Anwendungsfälle bauen. Das Lab verband die Partner zusätzlich mit verschiedenen Startups und bot Intrapreneurship-Programme über die Venture Plattform und den Combine Accelerator an.

Christiana konnte sich gut vorstellen, dass dieser Ansatz erfolgreich war. Besonders die Medienbranche war durch die zunehmende Digitalisierung doch vor viele Herausforderungen gestellt worden. Justin hatte seit kurzem noch ein zweites Standbein als Gründer. Durch ihn war im Brooklyn Navy Yard auf 1.500 Quadratmetern das erste, von der Stadt finanzierte Zentrum für virtuelle und erweiterte Realität entstanden. Hier wurden neue Räume und Zukunftstechnologien erforscht. Es wurden Prototypen gebaut und Partnerschaften zwischen neu gegründeten Firmen und Konzernen, die ihre Innovation vorantreiben wollten, ermöglicht.

Auf der Bühne bat Paddy wieder um Ruhe. Die Zeit war viel zu kurz. Christiana hatte das Gefühl, dass auch Justin sich gerne noch länger mit ihr unterhalten hätte. Er gab ihr eine Karte. Ob sie ihr Gespräch in den nächsten Tagen fortsetzen würden?

Unter großem Beifall betrat der Premierminister von Kanada die Bühne für sein Interview mit der Gründerin einer digitalen Medienfirma, die bei Online-Videos weltweit dem Internet-Riesen aus Mountain View dicht auf den Fersen war.

Christiana hatte noch nie von ihr oder ihrer Firma gehört und suchte sofort im Internet nach Informationen: Shahrzad war im Iran geboren und im Teenageralter nach Kanada ausgewandert. Kurz nach dem Informatik-Studium hatte sie vor etwa 15 Jahren das Unternehmen gegründet und es durch Partnerschaften mit Größen wie NBA, Sony Pictures oder Viacom groß gemacht.

Ihr Erfolg basierte darauf, dass sie nicht nur finanzielle Messgrößen verwendete, sondern auch die Auswirkungen auf Angestellte, die Community und die Umwelt berücksichtigte. Viele renommierte Auszeichnungen würdigten ihren Ansatz. Mit Justin Trudeau verband sie mehr als nur dieses Interview.

In 2018 hatte er sie als kanadische Vertreterin für die Business Women Leaders Arbeitsgruppe ausgewählt, um mit Vertreterinnen von teilnehmenden Regierungen beim G20 Gipfel im argentinischen Buenos Aires umsetzbare Lösungen für die Stärkung von Frauen in der Wirtschaft zu entwickeln. Diversity war daher auch jetzt ein großes Thema auf der Bühne. Denn eines der für die Tech-Branche wichtigsten Themen war der Zugang zu gutem Personal. Wie konnte dieser gewährleistet werden?

Laut dem Premierminister spielte neben der Bildung im

eigenen Land die Immigrationspolitik die wichtigste Rolle. Während andere große Staaten dazu tendierten, ihre Grenzen unzulässiger zu machen, verfolgte Kanada das gegenteilige Ziel. Über die sogenannte „Global Skills Strategie" konnten Top-Leute aus aller Welt innerhalb von zwei Wochen im Land Fuß fassen.

Denn er vertrat die Meinung, dass die jährlich gut 350.000 Immigranten einen positiven Effekt hatten: sie trugen dazu bei, Nachbarschaften stärker, belastbarer und damit lebenswerter zu machen. Gleichzeitig war sich die Regierung bewusst, dass den Einheimischen ein Weg geboten werden musste, damit sie eine Zukunft für sich selbst sahen. Gerade mit Blick auf die Digitalisierung war es wichtig, in Bildungs- und Forschungsprogramme zu investieren. Dazu gehörten auch Programmierkurse in den Grund- und weiterführenden Schulen.

Die klare Botschaft war, dass in Kanada alle erfolgreich sein konnten. Aktuell war die Arbeitslosigkeit so niedrig wie nie in den letzten 40 Jahren. Innovation fand häufig in großen Städten wie Vancouver oder Toronto statt. Wohnungs- und Hauspreise waren stark gestiegen. Verkehrsanbindungen waren nicht überall gut. Mobilität und erschwinglicher Wohnraum aber waren essenziell, gab die Gründerin zu bedenken.

Deswegen gab es dazu spezielle Programme, führte der Regierungschef aus. Zum einen wurden 180 Milliarden Dollar in Infrastrukturprojekte investiert, wie etwa den Ausbau des öffentlichen Zug- und Nahverkehrs. Zum anderen gab es Kaufanreize für junge Menschen, um Häuser günstig ohne Gebühren und Hypothekenzinsen zu erwerben. Smart City Wettbewerbe wollten innovative Ideen fördern.

Christiana dachte an ein Projekt in Toronto, das einer ihrer Kollegen äußerst begeistert verfolgte. Allerdings war

dafür ein Lab verantwortlich, das zur gleichen Holding gehörte wie die weltweit größte Datenkrake des Internets. Ob
dabei wirklich der Nutzen der Allgemeinheit im Vordergrund
stand?

Als ob der Premierminister ihre Gedanken gelesen hätte, führte er gerade ein weiteres wichtiges Ziel aus – er wollte
kanadische Startups davon abhalten, ihre Firmen nur deshalb
groß zu machen, um sie dann für viel Geld an die IT-Gigan-
ten zu verkaufen. Silicon Valley war nicht die einzige Brut-
stätte von erfolgreichen Firmen. Im Gegenteil.

Hier in Kanada war der Lebensstandard höher und es
gab mehr verfügbares, gut ausgebildetes Personal. Funding
Programme waren aufgesetzt worden, um junge Menschen
beim Gründen zu unterstützen. Künstliche Intelligenz war
zum Fokus-Thema erklärt worden. Für Investitionen standen
125 Millionen Dollar bereit.

Auf Shahrzads Frage nach seinem „Elevator Pitch"
für Kanada musste Justin Trudeau nicht lange überlegen: die
Stabilität des Landes und Vielfalt der hier Lebenden gepaart
mit dem Zugang zu zwei Dritteln des weltweit verfügbaren
Bruttoinlandproduktes. Denn Kanada war der einzige Staat
der G7-Gemeinschaft, der mit allen anderen ein Freihandels-
abkommen getroffen hatte.

Ausländische Firmen, die sich dies mit einer Niederlas-
sung zunutze machen wollten, fanden in der Initiative „Invest
in Canada" eine Anlaufstelle, die ihnen alles Notwendige aus
einer Hand anbot. Neben all den positiven Informationen zu
Vielfalt gab es ein Thema, das sich die Moderatorin bis zum
Schluss aufgehoben hatte: die geschlechterspezifische Dis-
krepanz bei Gehältern. In ihrem Unternehmen wurde bei der
Bezahlung von Frauen und Männern in gleichen Positionen
kein Unterschied gemacht.

Der Premierminister gab zu, dass in diesem Bereich noch Aufholarbeit zu leisten war und appellierte an die Firmen. Seiner Überzeugung nach müssten mehr Positionen auf allen Ebenen inklusive der Führungsriege von Firmen mit Frauen besetzt werden. Dies war nicht nur moralisch gesehen richtig, es war auch klug. Das Interview endete unter begeistertem Beifall, der erst nachließ, als auf der Bühne die offizielle Eröffnung der Konferenz angekündigt wurde.

Auch Christiana war beeindruckt. Doch war Kanada wirklich das Land der unbegrenzten Möglichkeiten? Wie viel von dem Gesagten wirklich so positiv war, konnte sie schwer beurteilen.

Eins würde sie besonders interessieren: mit welchen Summen der staatlichen Investitionen für künstliche Intelligenz waren Frauen gefördert worden?

12

Am nächsten Morgen war sie für den Standdienst eingeteilt. Christiana sprang förmlich aus dem Bett. Sie wollte auf alle Fälle pünktlich und gegen jede mögliche Verzögerung beim Einlass gewappnet sein.

Die Sonne hatte morgens die Wette gegen die Wolken gewonnen. Die Bäume im Park unter ihrem Apartment standen so still wie Statuen. Der Wind hatte sich gelegt, auch wenn es immer noch frisch war. Eine gute Gelegenheit, sich zu Fuß zum Exhibition Place aufzumachen.

Sie ging an der Bathurst Street entlang. Kurz vor der Eisenbahnbrücke war rechts ein kleines Gelände, in dem Container irgendwie witzig aufeinandergestapelt waren. Ein kurzer Blick verriet ihr, dass in jedem davon ein kleiner Shop oder ein Büro untergebracht waren. Weiter hinten befand sich eine belgische Bierbrauerei. Sie ging weiter bis zu dem grünen Hügel des Fort York.

Dort führte ein Weg unterhalb des Gardiner Expressway entlang. Während an anderen Stellen zwischen den Betonsäulen von Schnellstraßen das Unkraut im Chaos regierte, war mit *The Bentway* Anfang 2018 ein neuer, öffentlicher Platz geschaffen worden. Christiana hatte irgendwo gelesen, dass das Gelände dank der großzügigen, 25 Millionen schweren Spende einer angesehenen Stadtplanerin von Toronto entstanden war.

Auf den sauberen und aufgeräumten Gehwegen aus Betonplatten oder Holzpanelen war außer ihr kaum jemand unterwegs. Sie ging an einigen kleinen Kunstwerken vorbei und blieb kurz an zwei offenen Containern mit Ausstellungsobjekten stehen. Das Areal bot wirklich viel Raum für verschiedenste Veranstaltungen. Vielleicht sollte sie einmal zu einer der regelmäßig stattfindenden Tai-Chi- und Yoga-Sessions gehen?

Sie hatte auch gelesen, dass die Menschen aus der Nachbarschaft an einigen Abenden im Sommer sich hier trafen, um zusammen zu essen. Jedes Abendessen stand unter einem anderen Motto: es gab indianische, karibische, philippinische, spanische, syrische oder auch tibetische Spezialitäten. Alles wurde von ausgewählten Gastköchen direkt vor Ort zubereitet. Sonntags ergriffen lokale Musiker die Chance, neue Fans unter den Anwohnern zu gewinnen.

Christiana machte sich gedanklich eine Notiz. David

und die Clique wären dafür bestimmt zu haben. Es gab auch Präsentationen, Schulungen und Kunstvorführungen bis hin zu Hands-On Workshops über Gemüseanbau in der Stadt mit minimalem Wassereinsatz. Im Winter wurden die Wege zur Eislaufbahn, auf der die ganze Familie ihren frostigen Spaß haben konnte. Bei dem Gedanken war Christiana auf einmal nicht mehr so kalt. Zügig ging sie die letzten Meter zum Gebäude. Was der Tag heute wohl für Überraschungen bereithielt?

13

Die Stimmung in der riesigen Halle reichte von letzten, hektischen Handgriffen bis hin zu ekstatischer Erwartung. Startup-Gründer tippten sich auf PCs durch ihre Pitchdecks oder polierten Exponate auf Hochglanz. Andere übernahmen im Wechsel mit ihrem Team die Rolle des hoffentlich interessierten Investors und löcherten sich gegenseitig mit allen nur erdenklichen Fragen. Firmenvertreter rückten Tische für Gespräche mit potenziellen Kunden zurecht.

In einem großen, gewächshausartigen Pavillon lagen Kissen und Kopfhörer für Meditationssuchende parat. Zwischendrin sah sie immer wieder deckenhohe und schwarze, schallschluckende Stoffwände. Dahinter waren Bühnen bereit für die großen Player im Business. Jede Bühne war einem anderen Thema gewidmet mit entsprechend hippem Design.

Christiana ließ sich von dem Treiben um sie herum

einfangen. Am Stand angekommen, zeigten ihr die Kolleginnen, wo alles zu finden war, besonders die wichtigen Dinge: guten Cappuccino und die nächste Toilette. Es war so aufregend, mittendrin dabei zu sein. Deswegen verging der Vormittag wie im Zeitraffer.

Nur eine Situation sorgte anfänglich für Verwirrung und dann für Verärgerung. Plötzlich war der Feueralarm losgegangen, doch Durchsagen beruhigten die Besucher. Es war nur ein technisches Problem. Nachdem die im halbminütigen Takt ertönende Sirene endlich nach zwanzig Minuten verstummt war, atmeten alle auf und Normalität kehrte zurück.

Mit jedem Gespräch fiel es Christiana einfacher, den aufgeschlossenen Besuchern das Programm für Schwarze Gründer zu erklären. Viele nahmen eine Broschüre mit. Manche kannten jemanden, für den das Programm geeignet sein konnte. Andere arbeiteten bei Firmen, die sich vorstellen konnten, das Projekt finanziell zu unterstützen. Programme, die Diversity fördern sollten, waren im Kommen.

Early Adopter, wie risikofreudige, frühe Unterstützter genannt wurden, sahen wirklich einen beidseitigen Nutzen darin. Es war nur eine Frage der Zeit, wann es en vogue sein und die Masse auf den Zug aufspringen würde. Davon zumindest waren ihre Standkolleginnen überzeugt.

Ab der Mittagspause hatte sie frei. Nach einem schnellen Salat ging sie zur Hauptbühne. Dort wurde der ehemalige CEO des mit seinen kurzen Nachrichten groß gewordenen Unternehmens von der Mitgründerin eines amerikanischen Technikblogs interviewt.

Sie hatte ihre Firma, die auf Neuigkeiten zu kalifornischen Technologieunternehmen spezialisiert war und jährlich eine Konferenz dazu veranstaltete, vor einigen Jahren an ein großes Unternehmen im Bereich der digitalen Medien verkauft. In der Branche war sie dafür bekannt, kein Blatt vor den Mund zu nehmen und Dinge direkt anzusprechen.

Als erstes wollte sie natürlich wissen, ob er den Kurznachrichtendienst wegen der ganzen, auch vom amerikanischen Präsidenten verursachten Probleme verlassen hatte. Seine Antwort war wie erwartet eher diplomatischer Natur. Sein Ansporn in einer Zeit, in der sich soziale Medien neu erfinden mussten, war, die Nutzer mit noch mehr Kommunikation und Unterhaltung – vor allem guter und relevanter – zu versorgen.

Dafür wollte er eine werbefreie und unabhängige Plattform voll mit Ideen, Erkenntnissen, Wissen, Meinungen und Perspektiven aufbauen – von Menschen aus aller Welt für Menschen überall. Er hielt sein aktuelles Unternehmen für einen Ort, der unabhängige und neugierige Menschen online zusammenbrachte und professionellen Journalismus mit Beiträgen von Lesern verband. Am besten geeignet war die Plattform für Texte, die zu kurz für einen eigenen Blogbeitrag waren, aber zu lang für einen Tweet.

Zusätzlich wollte er auch sinnvoll investieren. Daher förderte er vor allem Unternehmen, die sich für Nachhaltigkeit, Gesundheit, Diversity und soziale Gerechtigkeit einsetzten, positive Lösungsansätze für die Probleme der Welt boten und nicht dem typischen Genre von Silicon Valley angehören. Christiana konnte ihm nur beipflichten. Insbesondere die letzten zwei Punkte waren ihrer Meinung nach wichtiger denn je.

Der nächste Beitrag auf einer anderen Bühne ging in eine ähnliche Richtung. Ihr neuer Bekannter aus New York unterhielt sich mit einem Reporter von einem der beliebtesten Medienportale im englischsprachigen Raum. Deren

Mischung aus Blog, Nachrichtenticker und Onlinemagazin wurde nur zum Teil von eigenen Journalisten erstellt. Den Hauptanteil generierten die Nutzer.

Die beiden diskutierten über das Verhältnis zwischen sozialen Medien und traditionellen Verlegern und ob beide nebeneinander Bestand haben konnten. Laut Justin befanden sich die beiden Bereiche in einer Art Trennungsphase. Große Nachrichtenunternehmen nutzten die Plattformen zwar, um ihre Artikel zu verbreiten. Doch ihr Hauptinteresse lag daran, die Leser auf ihre eigenen Seiten zu locken.

Denn in sozialen Medien vermischten sich unabhängige Berichterstattung mit Beiträgen von sogenannten Influencern: Personen, die viel Zeit und viele Follower hatten, aber meist nur auf persönlichen Gewinn aus waren. Verlage hingegen mussten ihre Redaktionen über Werbeanzeigen auf ihren Seiten finanzieren. Gerade kleinen, lokalen Blättern fiel das schwer. Deswegen gab es immer weniger davon.

Die ausgeklügelten Algorithmen von Google, Facebook und Co. bevorzugten große Werbebudgets und die hatten kleine Firmen nicht. Eine Lösung könnte sein, die Einnahmen der großen Werbe-Plattformen zu besteuern. Das Geld könnte in einen Fonds fließen, der demokratisch verlässliche Nachrichten und Faktenrecherche, auch auf lokaler Ebene, finanzierte.

Das warf eine andere wichtige Frage auf. Gab es noch genügend junge Menschen, die den Beruf des Journalisten erlernen wollten? Die entsprechenden Fachbereiche der Hochschulen wären gut ausgelastet, meinte Justin. Soweit, so gut. Allerdings fanden junge Menschen aber auch immer noch die Riesen aus dem Silicon Valley als potenzielle Arbeitgeber attraktiv. Daher müssten Letztere stärker zur Verantwortung gezogen oder sogar zerstückelt werden. Insbesondere mit Blick auf den Einsatz von neuen Technologien wie 5G, künstliche Intelligenz oder neuronale Netzwerke.

Christiana musste an eine Unterhaltung mit David denken. Er hatte ihr erklärt, dass neuronale Netzwerke nur ein Teilbereich von künstlicher Intelligenz waren. Beides zu nennen war irgendwie doppelt gemoppelt. Denn feinen Unterschied kannten aber wahrscheinlich nur Datenwissenschaftler oder Leute, die sich mit maschinellem Lernen befassten. David würde auch KI an sich nicht als neue Technologie bezeichnen.

Neu war vielmehr die Art, wie neuronale Netze heutzutage genutzt werden konnten. Das wiederum lag an der rasanten Entwicklung von grafischen Prozessoren in den letzten zwei Jahrzehnten, wodurch die Kosten für Rechenleistung drastisch gesunken waren. Darum würden 5G und KI viele Industriezweige signifikant beeinflussen.

Justin oben auf der Bühne war sich sicher, dass auch die Nachrichtenlandschaft gehörig durcheinandergewirbelt werden würde. Dabei durften internationale Entwicklungen nicht außer Acht gelassen werden. Wer wusste schon, wo die nächste einflussreiche Plattform entstand? Asien, insbesondere China, waren mächtig am Aufholen.

14

Bei dem Gedanken an China lief Christiana ein eisiger Schauer über den Rücken. Technologie schien dort das Werkzeug für ein totalitäres Überwachungsregime zu sein. Offiziell ging es immer darum, für die Sicherheit der Menschen im Land zu sorgen. Soziale Netzwerke und vernetzte Geräte spielten eine entscheidende Rolle. Daher war es nicht verwunderlich, dass große Konzerne aus China weltweit Verträge mit anderen Städten anstrebten, um sie „smart" zu machen. Die gesammelten Daten flossen ins Heimatland, wurden dort ausgewertet und erweiterten den Einblick der chinesischen Regierung ins Ausland.

In Pilotprojekten verschiedener chinesischer Städte wurden Einheimische bereits nach einem „sozialen" Punktesystem bewertet. Die Guten belohnen, die Bösen bestrafen. Ganz einfach. Aus den Handlungen der Menschen wurden Rückschlüsse auf ihre Glaubwürdigkeit gezogen. Noch war nicht klar, wie umfassend die Bewertung war. Die technischen Möglichkeiten öffneten Verschwörungstheoretikern Tür und Tor.

Immerhin führte der oberste Gerichtshof in China bereits Blacklists. Darauf standen Personen, die zu Geldstrafen verurteilt worden waren und diese noch nicht bezahlt hatten. Oder sie hatten jemand beleidigt und sich noch nicht entschuldigt. Ein Platz auf der Liste bedeutete: kein Platz im Schnellzug oder Flieger; kein Zugang für die Kinder zu Privatschulen.

Die jüngsten Einwohner wurden allgemein schon genug

überwacht. In Vorschulen überprüften Roboter die Kleinen auf ihre Gesundheit. In Schulen mussten Kinder elektronische Kopfbänder tragen, die ihre Gehirnströme maßen. Studierende an Universitäten wurden noch stärker überwacht. Zutritt nur per Gesichtserkennung. Im Unterricht kontrollierten Kameras die Aufmerksamkeit. Das war so krass, dachte Christiana.

Ein lächelndes Gesicht riss sie aus ihren Gedanken. „Hey, schön dich zu sehen", umarmte Marie sie freudestrahlend. „Du siehst besorgt aus", fügte sie hinzu. Christiana ließ kurz ihren Frust über den technologiebedingten Freiheitsverlust ab und rekapitulierte, wie sie von der letzten Session über den Einfluss großer Plattformen darauf gekommen war.

Marie konnte ihr nur kopfschüttelnd zustimmen. Sie war Teil der Generation X, die mit dem Internet aufgewachsen war und das exponentielle Wachstum hautnah mitbekommen hatte. Im Studium hatten erste Chat-Dienste ihren Hunger gestillt. In doppelter Hinsicht. Lange Gespräche mit ihrer entfernt lebenden Familie waren heute viel günstiger, so dass genug Geld für gesundes Essen blieb. Bald nach dem Studium hatte sie schon keinen Fernseher mehr, sondern streamte ihre Lieblingssendungen über den PC. Heute war es noch bequemer, da der Fernseher online war.

Das Internet hatte in der letzten Dekade einen radikalen Wandel hervorgerufen. Alte Vorgehensweisen wurden von neuen abgelöst. Lange am Markt etablierte Unternehmen wurden von erfinderischen Startups mit ihren neuen Geschäftsmodellen verdrängt. Ein Leben ohne Internet schien heute fast nicht mehr möglich. Besonders für junge Menschen. Sie waren technikaffin und kannten die Vorzüge. Besonders, wenn es ums Einkaufen ging. Deswegen erwarteten sie überall einen Mehrwert - ob im Online-Shop oder im Geschäft um die Ecke. Werbung auf ihren bevorzugten Plattformen sollte nur Dinge anbieten, die auch wirklich nach ihrem Geschmack waren.

Marie seufzte. „Ich hoffe allerdings, dass es zukünftig noch vielmehr um Qualität und glaubwürdige Informationen geht, denen ich vertrauen kann. Es bringt ja nicht viel, wenn mir ständig die gleichen Wanderstöcke angezeigt werden, nur weil ich einmal danach gesucht habe“, sagte sie.

Christiana runzelte die Stirn. „Aber bedeutet noch gezieltere Info nicht auch gleichzeitig, dass umso mehr Daten von mir gesammelt und mit künstlicher Intelligenz ausgewertet werden müssen?“

„Das stimmt“, nickte Marie. Allerdings war sie der Meinung, dass sich das Internet bald grundlegend ändern könnte. Mehr Datenschutz. Mehr Aufklärung der Nutzer, wie und wofür ihre Daten gesammelt wurden. Vielleicht gab es sogar einen Weg, zu einem, dem ursprünglichen Konzept des Internets ähnlichen Ansatz zurückzufinden? Damit das Teilen von Wissen wieder im Vordergrund stand. Innerlich wünschte sich Christiana das auch. Aber war das wirklich möglich? Immerhin wurden immer öfter Webbrowser verwendet, die eine neutrale Suche ermöglichten und die Privatsphäre der Nutzer schützten.

Marie hatte immer mindestens einen davon parallel offen, wenn sie surfte. Suchmaschinen in Standardbrowsern empfand sie als äußerst limitierend. „Die einzigen, die etwas lernen, sind doch die Algorithmen!“ Aufgrund ihres Online-Verhaltens wurde ihr Profil immer weiter verfeinert. Alles, was sie sah, war auf sie zugeschnitten. Da fehlte Raum für eigenes Denken, für Weitblick und vielfältige Ansichten. „Es wird Zeit wieder Lösungen zu finden, die langfristig Bestand haben“, sagte sie mit einem feurigen Blick in den Augen. Wo es nicht um den kurzfristigen Profit ging. Aber wo fand man genug Menschen, die so dachten?

15

Nachdem sie Marie zum Abschied versprochen hatte sich bald wieder zu melden, ließ Christiana sich durch die Ausstellung treiben. Während sie bei den jungen Startups vorbeischlenderte, schien ein Stand sie direkt anzuziehen. Die Gründerin strahlte eine Energie aus, die sofort neugierig machte. Worum es bei ihr wohl ging?

Es ging um etwas, dass Christiana leidenschaftlich gerne tat: essen. Viel zu viel Essen wurde achtlos weggeschmissen. Umwelt und Geldbeutel waren die Leidtragenden. Es gab bereits Apps dazu. Bei denen ging es jedoch hauptsächlich um den Geldbeutel. Das war okay und legitim. Eine Bäckerei oder ein Restaurant konnten, sobald absehbar war, wie viel Essen am Ende des Tages übrigbleiben würde, Lebensmittel und Mahlzeiten für den halben Preis oder weniger anbieten.

Geschäfte reduzierten ihre Verluste. Kunden sparten bares Geld und kamen trotzdem in den Genuss von gutem Essen, das sonst in der Tonne gelandet wäre. Viele der Apps rollten ihren Service nach und nach weltweit aus. Ivonne dachte jedoch in eine etwas andere Richtung. Ihr ging es nicht um schnellen Profit. Sie dachte lokaler. Wenn sich ihr Freundeskreis traf, wurde oft nicht extra eingekauft. Denn meistens war der eine Kühlschrank zu voll und der andere zu leer. Das

Gleiche galt für manch einen Geldbeutel. Deswegen half es allen.

Dieses Konzept war der Grundstein für ihre Idee. Viele Lebensmittel der Geschäfte in ihrer Umgebung wurden weggeworfen. Das war schrecklich und passierte immer noch zu oft. Natürlich konnten die Lokale die lukrative Lösung wählen. Doch was, wenn das Geld aus den Verkäufen für einen guten Zweck in der Nähe verwendet wurde?

Das war wie spenden. Nur direkter. Statt Scheinen wechselten Salat, Sandwiches oder Spaghetti den Besitzer. Egal, ob es von Geschäften, Firmenfeiern oder anderen Veranstaltungen stammte. Alles war möglich, solange das Verfallsdatum noch nicht erreicht war.

Privat funktionierte das Ganze genauso. Wer mit leerem Magen und zu großen Augen einkaufen gegangen war, konnte anderen die hungrige Nacht ersparen. Mit wenigen Klicks vom schlechten Gewissen zum Glücksgefühl. Vielleicht hatte auch jemand gerade für die Großfamilie gekocht, die kurzfristig zusammenschrumpfte, weil das Basketballtraining länger dauerte. Dann freuten sich die Kinder einer alleinerziehenden Person, deren Arbeitstag länger als geplant gedauert hatte. Denn abends stand ein dampfender Teller leckerer Pasta vor ihnen. So konnten sich Menschen gegenseitig die „Fleischbälle" zuwerfen.

Eines der Projekte versorgte Schüler in Calgary täglich mit tausenden von Essen mittags. „Share-Eat-Repeat" klang nach einem wundervollen Motto. Christiana war begeistert. Auch weil Ivonne eine Warmherzigkeit ausstrahlte, die ihr Anliegen glaubwürdig machte. Sie ließ sich den Link geben, mit dem sie die App in Kanada downloaden konnte. Den wollte sie gleich mit der Clique teilen. Hieß es nicht auch „sharing is caring"?

Noch während sie die Nachricht tippte, kam eine von David. „Hunger?" Manchmal war er ihr echt unheimlich. Als ob er Gedanken lesen konnte. Die Konferenz war für heute so gut wie vorbei. Inspiriert von dem Treffen mit Ivonne schlug sie ihm vor, sich daheim zu treffen. Bei ihr oder ihm war egal. Weit gehen musste keiner von ihnen. Auf den Tisch kam, was die Küche hergab. Und das konnte sich sehen lassen, wie sich herausstellte: Pasta mit Trüffeln.

16

David sprühte voller Energie. Das tat er ja immer, aber heute ganz besonders. Der Gedanke an seine neue Idee gab ihm noch mehr Auftrieb als sonst. Die Arbeit im Inkubator machte ihm Spaß, keine Frage. Doch der ursprüngliche Ansatz, den er verfolgte, nicht wirklich. Zu wenig sozial, zu kommerziell.

Das half nur den Großen noch größer zu werden. Die Logistikwelt war komplex, an Herausforderungen für autonome Transportsysteme mangelte es nicht. Die wachsende Zahl an Online-Bestelllungen erforderte immer mehr Ressourcen, um die Lieferungen zuzustellen. Bequemlichkeit breitete sich rasant aus. Menschen arbeiteten lange im Büro, hatten keine Zeit oder auch keine Lust mehr, nach Feierabend oder am Wochenende einkaufen zu gehen. Jeder freute sich auf die wenigen freien Stunden – gemütlich auf dem Sofa daheim, im Restaurant, in Museen, in den Clubs – egal ob Fitness oder Fun, in Parks oder draußen in der Natur. Das war verständlich.

Aber was war mit den Menschen, die fast immer nur daheim waren? Menschen, die sich nicht mehr frei bewegen konnten? Denen all die Vorzüge der Welt draußen verwehrt blieben, weil sie Alter, Gebrechen oder Krankheit daran hinderten? Das beschäftigte ihn. Dafür wollte er eine Lösung finden. Das Konzept für autonome Systeme ließ sich auch auf diese Zielgruppe anpassen. Selbst wenn es nicht hipp war. Junge Menschen dachten selten über das Alter nach. Das bewies ein Blick auf die Hitliste der Startups. Selbst wenn es um Gesundheitsthemen ging, stand oft die Fitness beim Sport im Vordergrund. Das fand David nicht fair.

Deswegen wollte er das ändern. Bei Christiana rannte er damit offene Türen ein. Doch wie ließ sich das umsetzen? Er war heute nicht ins Büro, sondern ins Museum gegangen. Er liebte solche Orte. Dort kam er auf andere Gedanken und neue Ideen. Zuerst war er in das Royal Ontario Museum gegangen. Es lag nicht weit von der Toronto Universität entfernt und war mit mehr als sechs Millionen Ausstellungsstücken eines der größten Museen Nordamerikas.

Ein Teil war natürlich Kanada, seiner Artenvielfalt und den Ureinwohnern Nordamerikas gewidmet. Aber man konnte auch in eine Vielzahl anderer Welten eintauchen. Samurais und Teezeremonien in Japan. Südkorea und deren Einfluss auf Drucktechniken. Das prunkvolle Leben der Ägypter oder Römer. Entwicklungen aus dem frühen mittleren Osten, die häufig das Fundament heutiger Technologien waren. Verlorengegangene Kulturen aus Afrika. Europa und seine Stilrichtungen im Wandel der Zeit. Dinosaurier. Ein Bereich, in dem tausende von Spezies bewundert und über digitale Animationen zum Leben erweckt wurden.

Besonders fasziniert hatte David eine Ausstellung über

Afrika, Amerika und den asiatisch-pazifischen Raum, die der Vielfalt der Menschheit gewidmet war. „Der afrikanische Teil hat mich an meine Jugend erinnert. Und an die Goldmine, in der ich ein Jahr lang gearbeitet habe, bevor ich zur Uni gegangen bin."

Christiana zog die Stirn kraus. „Das war sicher kein leichtes Jahr." David nickte. Doch seine Eindrücke vom Tag ließen keine trüben Gedanken zu.

Am Nachmittag war er zum Ontario Science Center gefahren. Nach einem Ausflug ins Weltall und zum Leben erweckten Regenwald hatte er ausprobiert, wozu der menschliche Körper fähig war. Was in einer Person vorging, die ohne Sauerstoffflasche tauchte oder den Mount Everest bestieg. Er zeigte Christiana auch ein Foto, wie er im Alter aussehen würde.

Wie Theorien in der Forschung von vorherrschenden Annahmen verzerrt wurden, hatte er ebenfalls ausprobiert. Denn Rasse, Geschlecht oder Herkunft spielten eine enorme Rolle, wurden aber nur bedingt berücksichtigt. Einseitige Sichtweisen verpönten alternative Ansätze. Fasziniert und gleichzeitig erschrocken über die Ergebnisse ließ er den Bereich schnell hinter sich.

Am Schluss war er von einem 464 Jahre alten Baum in den Bann gezogen worden. Markierungen zeigten, was in all der Zeit auf der Welt passiert war. Allein die Nähe zu diesem Naturwunder bewirkte etwas Besonderes: Bewunderung und Respekt. Fast wie ein liebevolles Gefühl, das ihn bis in die Fingerspitzen durchströmte. So, als würde die Aura des Baums seine eigene berühren. Sie spürte, was David meinte. Er war noch energiegeladener als sonst, was sie fast nicht für möglich gehalten hatte.

„Natur hat einen so unbeschreiblichen Einfluss auf

uns", sagte er. „Nach dem Bereich mit der Forschung habe ich mich erdrückt gefühlt. Zwei Minuten später sitze ich vor einem Baum und könnte ihn sprichwörtlich ausreißen." Genau diese Energie hatte ihn bestärkt, nicht weiter an seinem Projekt zu arbeiten. Zumindest nicht so, wie es ursprünglich gedacht war. Vielmehr wollte er es umändern. Einen anderen Fokus setzen.

Anstatt Waren wollte er Menschen bewegen. Damit diejenigen, die körperlich oder anderweitig eingeschränkt waren, nicht in den eigenen vier Wänden von Einsamkeit erdrückt wurden. Damit sie mobil waren. Raus in die Natur konnten: Neue Energie bekamen. Jetzt musste er nur noch das Team im Inkubator davon überzeugen. Und falls die nicht mitzogen? Dann war Christiana überzeugt, dass er einen anderen Weg finden würde.

17

Am nächsten Morgen war sie wieder eine Stunde vor der offiziellen Eröffnung am Stand. Sie genoss die relative Ruhe, um sich bei einem zweiten Cappuccino auf den Tag einzustimmen. Der Vormittag war noch schneller vorbei als am Vortag. Das lag nicht nur an den Besuchern, die zu ihnen kamen.

Christiana fühlte sich deutlich sicherer. Sie sprach Vorbeigehende, die ihr auffielen und womöglich Kandidaten für das Programm sein konnten, direkt an. Bei einigen hatte sie den richtigen Riecher. Ihre Kolleginnen waren ganz angetan und ließen sie am frühen Nachmittag nur ungern gehen. Doch so war die Abmachung. Es gab einiges im Programm, das sie interessierte.

Die erste Diskussion wurde von einer Journalistin moderiert, die sich mit der menschlichen Seite im Technikumfeld beschäftigte. Das Thema auf der Bühne erinnerte Christiana sofort an David. Es ging um Wunsch und Hingabe. Zwei Dinge, die ein NFL-Star und ein R&B-Sänger auf dem Weg zum Erfolg für unerlässlich hielten. Doch das allein reichte noch nicht. Genauso wichtig war, Ängste zu überwinden und die richtigen Partner zu finden. Menschen, mit denen man dieselben Werte teilte. Wer zur richtigen Zeit am richtigen Ort war, dem standen die Türen offen. Noch wichtiger war, an sich und die eigenen Fähigkeiten zu glauben. Manchmal kam unerwartet Schützenhilfe.

Ein Zellengenosse hatte den kurzzeitig im Gefängnis gestrandeten Schwarzen Musiker dazu angespornt, seiner Leidenschaft für Musik zu folgen. Sich zu trauen und nach den Sternen zu greifen. Später machte ein zweites einschneidendes Erlebnis den inzwischen sehr erfolgreichen Musiker zum Entrepreneur. Während eines seiner Konzerte in Afrika fiel der Strom aus. Ein Glücksfall für die Einwohner des Kontinents, wie sich im Nachhinein herausstellte. Denn nun setzte der R&B Sänger sich zum Ziel, eine sichere Stromversorgung zu garantieren. Dank ihm wurden inzwischen mehr als 600 Millionen Menschen in Afrika – trotz zahlreicher Anlaufschwierigkeiten – mit Solarenergie versorgt.

Auch der erfolgreiche Schwarze Football-Spieler wusste, was Startschwierigkeiten waren und wie sie überwunden werden konnten. Er war für den Superbowl nominiert gewesen und hatte sich einige Wochen vor dem Spiel das Bein gebrochen. Das war es wahrscheinlich mit seiner Karriere, hieß es. Niemand konnte so schnell wieder auf die Füße kommen, geschweige denn mitspielen. Doch er glaubte an seine eigenen Fähigkeiten, war überzeugt, dass er es schaffen konnte. Nach nur sieben Wochen stand er pünktlich auf dem Spielfeld. All seine erfahrenen Ärzte, die mit vielen Monaten rechneten, hatten die Macht der eigenen Überzeugung unterschätzt.

Beim nächsten Vortrag ging es ebenfalls um den Glauben an das eigene Können. Die Produktionschefin für Animationen eines großen amerikanischen Filmstudios gewährte Einblicke hinter die Kulissen der Comic-Welt. Über 800 Kreative aus den verschiedensten Bereichen der computergestützten Animation arbeiteten an der Neuproduktion des Films über den spinnenhaften Comic-Helden mit.

Es ging vor allem darum, dem Zuschauer eine neue, unglaubliche und bisher nicht da gewesene Erfahrung zu schenken. Einen animierten Film, der den Comic zum Leben erweckte, alle Grenzen sprengte und zugleich für das visuelle Storytelling neue Welten eröffnete. Im Stil eines Comic-Buchs beinhaltete der neue Film harte, knallige Farbübergänge, dramatische Kamerawinkel, einen Hauch von Unvollkommenheit und den seit Jahren beliebten und doch ganz neuen Helden. Das Ergebnis zahlreicher Visualisierungsexperimente und einer einmaligen Kombination aus 3D-Animation und 2D-Visualisierung war ein lebendig gewordenes Comic-Buch – ausgezeichnet mit einem Academy Award.

Animation spielte inzwischen auch eine erhebliche Rolle im täglichen Leben, hörte Christiana den Gründer und CEO der amerikanischen Online-Datenbank für bewegte GIFs auf der Bühne sagen. Er verglich seine Suchmaschine mit dem Giganten aus Mountain View. Dort ging es vorrangig um das Finden von Fakten. Ihre Recherche hatte allerdings ergeben, dass für die Suche etwa nur ein Prozent des gesamten menschlichen Vokabulars benutzt wurde.

Wörter, die Empfindungen wie Liebe, Freude oder etwa Hunger ausdrückten, gehörten in den seltensten Fällen dazu. Sie waren eher in persönlichen Beziehungen wichtig. Deswegen lag sein Fokus auf der zwischenmenschlichen Kommunikation. Da bewegte Bilder binnen einer Sekunde mehr sagen und Gefühle ausdrücken konnten als Wörter oder Erklärungen, hatte er die Plattform geschaffen.

Nach sechs Jahren wurde täglich rund eine Milliarde Mal nach bunten Animationen gesucht und die Zahl wuchs stetig. Einige Anfragen waren ziemlich verrückt. Die Menschen reagierten immer häufiger mit in GIFs gepackten Gesten und Geschichten oder Emotionen und Eindrücken, wenn sie sich mit anderen online unterhielten. Sieben Milliarden waren bisher verschickt worden. Dabei war diese Entwicklung kein Wunder. Denn bei steigendem Zeitdruck und Informationsflut schienen die bewegten Bilder genau den Nerv der Nutzer zu treffen.

Christiana nutzte den Dienst ebenfalls. Damit war es einfach, in der Pause oder zwischen zwei Besprechungen ohne viel Aufwand jemandem eine Antwort oder Anfrage zu schicken. Kurz, knackig und humorvoll. Ihr herzhaftes Lachen nach einer dieser Nachrichten hatte im Büro oft für Aufmunterung gesorgt. Daher war die Plattform nicht nur im privaten Umfeld interessant. Kunden, die sich mit emotionalen Nachrichten ernstgenommen fühlten, gehörten zu den treusten. Das galt auch für Millenials. Denn Christiana hatte oft das Gefühl, dass sie und ihre Freunde besonders im Visier von Unternehmen standen.

18

Millenials waren noch in einer anderen Hinsicht eine äußerst interessante Zielgruppe, wie sie beim nächsten Vortrag erfuhr. Nämlich, wenn es um Spiele ging. Die Welt der „Gamer" wuchs stetig nach Meinung der Studio-Chefin bei einem der weltweit führenden Spieleanbieter. Sie war auch eine bekennende Optimistin und liebte es zu spielen. Natürlich fand sie diese Entwicklung gut. Allerdings nicht nur aus kommerzieller Sicht.

Denn zu den Menschen, die oft und gerne spielten, gehörten Millenials und die Generation Z. Fernsehdebatten über Klimawandel, politische Differenzen oder Datenschutzprobleme rissen sie nicht vom Hocker. Dennoch saßen sie nicht passiv vor der Glotze, sondern tauschten sich täglich interaktiv mit Menschen aus der ganzen Welt aus. In Spielen lernten sie strategisch zu denken und Sachverhalte zu hinterfragen, aber auch im Team zu arbeiten und sich gegenseitig zu unterstützen. Denn Probleme ließen sich gemeinsam am besten lösen. Sie erfuhren, wie wichtig es war, Partnerschaften einzugehen und mit anderen zu kooperieren.

Dieses Zusammenspiel hatte enorm positive Auswirkungen. Denn Spielende erlebten, wie sie durch ihr eigenes Handeln die (virtuelle) Welt zu einem besseren Ort machen konnten. Wenn dieser Effekt sich auf die reale Welt übertrug, siegten Optimismus und Hoffnung. Viele Herausforderungen, vor denen die Welt stand, würden spielerisch angepackt werden. Ein Schlüssel zum Erfolg, da Menschen nicht gezwungen wurden, sondern von sich aus etwas tun wollten und dabei auch noch Spaß hatten.

Eine Zukunft, die dank Spielen lebenswert und sogar besser als die Vergangenheit wurde. Das klang dann doch etwas zu übertrieben für Christiana. Der Effekt von Spielen war schon oft diskutiert worden. Sie hatte vor einiger Zeit ein sehr interessantes Buch darüber gelesen und sich nicht selten darin wiedergefunden. Spiele und die Herausforderung zu gewinnen, war etwas, das sie liebte. Doch welche Herausforderung hielt das Leben zukünftig für sie bereit?

19

Dieser Gedanke ließ sie den ganzen nächsten Tag nicht los. Wieder war es David, der einen Riecher für den richtigen Moment zu haben schien. Kurz vor Ende der Konferenz schickte er eine Nachricht. Er hatte jemand kennengelernt und dabei sofort an Christiana gedacht. „Heute Abend, Rooftop Bar!".

Nach dem Trubel der letzten Tage, war ihr eigentlich nicht nach Party. Doch die Neugier siegte. Welche Überraschung er wohl heute bereithielt? Da die Bar nur ein paar Blocks von ihrem Apartmentgebäude entfernt lag, hatte sie noch Zeit für eine Dusche. Sogar eine Viertelstunde Yoga war drin.

Es faszinierte sie immer wieder, welche Wirkung so ein kurzes Workout hatte. Eben war sie noch erschöpft gewesen, jetzt zog sie erholt die Wohnungstür hinter sich zu. Draußen sog sie die frische Luft des Frühlings ein. Die abendlichen

Sonnenstrahlen tauchten die Straßen in warmes Licht. Lachende Menschen schlenderten vor ihr auf den Gehwegen. Amüsiert sah sie eine junge Frau, die in Flipflops mit Kunstpelz den Sommer heraufzubeschwören schien. In der Luft lag eine Aufbruchstimmung, die sie ansteckte.

Christiana konnte es sich nicht erklären, aber irgendwie hatte sie das Gefühl, dass der Abend heute der Anfang von etwas Neuem sein würde. Wenig später ging sie durch die modern und luftig eingerichtete Bar Richtung Dachterrasse. Eine Sitzecke an der Seite zollte mit Kirschblüten dem japanische Frühling Tribut.

Verlockende Düfte stiegen ihr in die Nase, als sich eine Kellnerin mit Tellern voller verschiedener Gerichte an ihr vorbeischlängelte. Am Ende des Raums bildete eine elegante, lange Bar aus Holz die Brücke zur Dachterrasse. Der Blick draußen auf die umliegenden Stadtviertel war phänomenal. Der CN Tower dominierte wie ein Leuchtturm im Abendlicht die Kulisse.

Hinter den zwei türkis schimmernden kleinen Pools winkte ihr David fröhlich zu. Er hatte eine gemütliche Sonnenlounge unter blauem Dach ergattert. Neben ihm saß eine Frau mit kurzen, kupferroten Haaren, die sie zur Begrüßung herzlich umarmte. Sie passte in keine Schublade. Denn es umgab sie gleichzeitig eine Aura von Professionalität und Freundschaft. Mit ihrem glitzernden Harley Davidson-T-Shirt unter dem Blazer und eleganten Schuhen zur Jeans war sie eine Kombination aus Rockerbraut und Geschäftsfrau. Irgendwie kam sie Christiana bekannt vor. Doch woher wusste sie nicht.

David wirbelte Christiana zur Begrüßung einmal durch die Luft und stellte sie dann seiner Begleitung vor. „Alex und du, ihr habt so viel gemeinsam – der Abend wird lang“, flüsterte er verschwörerisch, bevor er auf die Jagd nach Cocktails ging. Er hatte wie immer recht.

Alex lebte in Deutschland, arbeitete aber international mit unterschiedlichsten Konzernen und Startups zusammen. „Ich habe zwei Standbeine", deutete sie lachend auf ihre Füße. Zum einen gehörte ihr ein Boutique-Verlag, der handverlesene Romane, Kurzgeschichten und Fachartikel veröffentlichte. Zum anderen unterstützte sie mit ihrer Innovationsagentur Kunden bei der strategischen Geschäftsentwicklung und entwarf neue Konzepte, um Technologie sinnvoll und nachhaltig umzusetzen.

Toronto war einer ihrer beliebten Hot Spots und die jährliche Konferenz ein fixer Termin im Kalender. Ihren Besuch in der Stadt verband sie mit verschiedenen Geschäftsterminen, da Toronto besonders im Medienbereich ein äußerst attraktiver Standort war. Dieses Mal hatte sie Gespräche mit verschiedenen Studios und Produzenten, die sie für eine Filmserie gewinnen wollte. Das jährlich im September stattfindende Toronto International Film Festival hatte sich seit Jahren als eine der wichtigsten Veranstaltungen der Branche weltweit etabliert.

„Die Stadt wird längst als „Hollywood North" gehandelt", verriet Alex. Viele Serienproduzenten nutzten Toronto für Aufnahmen, die New York oder Los Angeles ähnelten. Mit dem Unterschied, dass filmen hier noch deutlich günstiger war.

Die Casa Loma in Toronto war wie geschaffen gewesen für X-Men oder Harry Potter. Ein rostiger alter Pick-up stand in der Distillery als Zeuge, dass die Blues Brothers einmal hier ihr Unwesen getrieben hatten. Christiana erinnerte sich daran, das Fahrzeug oft gesehen zu haben, ohne dessen wirkliche Bedeutung zu kennen. Auch eine beliebte Netflix

Serie um einen jungen Anwalt mit fotografischem Gedächt-
nis ohne Harvard-Abschluss wurde zu einem großen Teil in
Toronto gedreht. Seine Filmpartnerin, der damals noch zu-
künftigen Herzogin von Sussex, hatte die Stadt inzwischen
als ihren Zweitwohnsitz gewählt. Toronto bekam nun regelmäßig königlichen Besuch.

Als Fan der Serie hatte Christiana alle Folgen gesehen.
Erstaunt erfuhr sie von Alex, dass der Hauptsitz der fiktiven
Kanzlei der Serie – offiziell in Manhattan – in Wirklichkeit
das Bay-Adelaide Centre im Finanzdistrikt der Stadt war. Daran war sie schon einige Male vorbeigelaufen, ohne die Ähn-
lichkeit festzustellen. Also eine Gemeinsamkeit waren schon
einmal gute Geschichten.

20

Die nächste Verbindung entstand, als Christiana erfuhr, dass
Alex vor ein paar Jahren eine Initiative für mehr Diversity in
der Technologiebranche gegründet hatte. Alex konnte dabei
auf ein Netzwerk von Gründerinnen, das eine Freundin von
ihr ins Leben gerufen hatte, zurückgreifen. Doch genau wie
Christiana sah Alex in Diversity so viel mehr Facetten als nur
die klassische Unterscheidung zwischen Frau und Mann. Das
war viel zu kurz gedacht.

Es gab nicht nur zwei Geschlechter. Zudem förderten
unterschiedliche Sichtweisen, die durch kulturelle und ethni-
sche Vielfalt oder auch Alter und Erfahrung geprägt waren,

Innovation weitaus mehr als altmodisches Denken. Dafür gab es viele gute Beispiele, die jedoch in dem vorherrschenden Fokus auf die Unicorns dieser Welt untergingen. In der Technologiebranche ging es meistens um hohe Skalierbarkeit und den damit verbundenen schnellen Profit.

Der Ansatz vom Tellerwäscher zum Millionär schien dabei schon fast verstaubt. Gründer wollten in Rekordzeit erfolgreich sein, ihr Startup an die Börse bringen oder mit hohem Gewinn an einen der GAFA beziehungsweise FA-ANG Giganten verkaufen. Geldgeber erwarteten immer kürzere Zeiten für ihren Return on Investment. Was heute einen Euro wert war, sollte morgen schon das Hundertfache auf das Konto bringen. Doch damit klaffte die Schere zwischen technologie-affinen Menschen und denen, die Moore's Law vergeblich in Sümpfen suchten, immer weiter auseinander. Denn nur der Blick auf den finanziellen Gewinn war kurzsichtig.

Neue Technologien hatten eine immer größere Auswirkung auf das Leben der Gesellschaft und die Umwelt. Und genau da wollte Alex ansetzen. Aber nicht wie Atomgegner, die sich an Schienen ketteten, oder aufstrebende Redner, die von einem Event zum nächsten reisten. Vielmehr wollte sie das durch das Erzählen positiver Geschichten von echten Vorbildern erreichen. Die konnten Menschen mehr inspirierten als Hiobsbotschaften. Denn sie glaubte viel mehr an den Ansatz des kleinen Prinzen als an den von neureichen Königen. Ihr Konzept für eine Filmserie war ein Projekt, das sie dazu verfolgte.

David kam mit drei exotisch aussehenden Cocktails zurück. „Ist da eine Peperoni drin?", fragte Christiana erstaunt. „Ja, eine Jalapeno. Alex mag es gerne scharf", grinste David. „Alle unsere Projekte werden intern nach Chilisorten benannt", fügte ihre neue Bekannte mit einem Zwinkern hinzu.

Ihr aktuelles Projekt trug passenderweise den Codenamen „Jalapeno". Dafür stellte sie gerade ein Team zusammen.

Es ging darum, in regelmäßigen Abständen über ungewöhnliche Innovationen, neue Trends und zukunftsweisende Forschungen zu berichten. Handverlesene News, die nicht in den Schlagzeilen der größten Nachrichtenportale zu finden waren. Der Fokus würde darauf liegen, wie und wo Technologien nachhaltig für Mensch, Tier und Natur eingesetzt wurden und welche Initiativen und Ansätze speziell Diversity, Inklusion und Ethik förderten.

Das Ziel war, Lesende mit kurzen, unterhaltsamen Zusammenfassungen der Fakten zu inspirieren und eine positive und messbare Wirkung zu erzielen. Entweder dadurch, dass Privatpersonen über eine Änderung ihres Lebensstils nachdachten oder Firmen angeregt wurden, neue nachhaltigere Lösungen zu entwickeln.

Die leicht lesbaren Artikel sollten nicht anklagen was schieflief, sondern aufzeigen, an welchen guten und positiven Lösungen bereits gearbeitet wurde. Es gab zwar ähnliche Ansätze, aber Alex war keiner mit diesem speziellen Fokus bekannt.

Christiana konnte es nicht fassen. Wie schaffte es das Universum, immer wieder neue Überraschungen für sie bereitzuhalten? Ethik, Diversity und Technologie, verpackt in gefälligem Storytelling – das waren genau die Dinge, die sie faszinierten.

Aber es kam noch besser. Zwei Teammitglieder hatte Alex schon an Bord. Lisa war eine kreative Seele und würde sich zusammen mit ihr um die Inhalte kümmern. Genau wie Alex liebte sie die Natur und begeisterte sich für spannende neue Themen. Besonders im Bereich Nachhaltigkeit, Gesundheit und Bildung. Nach ihrem Literatur-, Kultur- und Medien-Studium hatte Lisa über 14 Jahre im In- und Ausland verschiedenste Erfahrungen bei Zeitung, Radio und Fernsehen gesammelt.

Niall, der zweite im Bunde, stammte aus Schottland. Ihn und Alex verbanden bereits seit mehr als 10 Jahren verschiedene Projekte. Sie waren ein unschlagbares Duo, das sich gegenseitig ergänzte. Denn Nialls Stärke lag im literarischen Bereich.

Mit einem Master in Übersetzungswissenschaften in der Tasche hatte sich Niall einen Namen mit einer Reihe von Übersetzungen gemacht, darunter ein Diversity-Roman und mehrere historische Thriller einer Bestseller-Reihe. Als ausgebildeter Lehrer interessierte es ihn auch zu erfahren, wie Themen rund um Nachhaltigkeit zunehmend Einzug in den Unterricht hielten. Alex wiederum punktete mit ihrem außergewöhnlichen Verständnis von komplexen technischen Themen. Gemeinsam hatten sie bereits einen Spionageroman geschrieben.

Projekt Black Hungarian war ein absolut ungewöhnlicher Mix aus Fakten und Fiktion. Eine erfundene Storyline als Gerüst des Romans wurde mit wahren Ereignissen während einer Elektroauto-Rally quer über die Alpen zu einer spannenden Geschichte, bei der Lesende oft rätselten, was wirklich passiert war. Fast alle Figuren basierten auf Teilnehmenden der Rally – mit Ausnahme der fiesen Schurken.

Zusätzlich gewürzt wurde das Ganze mit Fakten. Informationen zu Hacking und Cybersecurity sowie Grundlagen zur Elektromobilität waren eingeflochten und spielten eine Rolle in der Geschichte. Unerwartete Schützenhilfe erhielt Alex damals von dem ehemaligen CIA-Mitarbeiter Edward Snowden.

Seine Enthüllungen zum Ausmaß der weltweiten Überwachungs- und Spionagepraktiken amerikanischer und britischer Geheimdienste machten ihre täglichen Recherchen zum Kinderspiel. Sie musste nur die Washington Post oder The Guardian lesen.

Als sie damals die Entscheidung traf einen Spionageroman zu schreiben, konnte sie das allerdings nicht wissen. Wie sich in den Jahren nach der Veröffentlichung herausstellte, war die erfundene Storyline nicht ganz unrealistisch gewesen. Dieselskandal, Kartellverdacht gegen Automobilhersteller und ein Fonds der mächtigen Koch-Brüder zur Bekämpfung von Elektroautos kamen erst später ans Licht.

Ihr Held hingegen war von seiner Rolle im Roman, von der er erst kurz vor Veröffentlichung erfuhr, so inspiriert, dass er ein Fahrzeug mit den neuesten Technologien in ein Elektroauto umbaute und damit einen Weltrekord in Reichweite aufstellte.

Bei „Jalapeno" übernahm Niall als Transcreator die englischen Texte. Es fehlte allerdings noch eine Person für die strategische Planung des Projekts und den langfristigen Ausbau des Geschäfts. Alex hatte eine sehr geradlinige Art. Nicht aufdringlich, sondern einfach nur offen und ehrlich.

Sie sah Christiana direkt in die Augen. „Wäre das nichts für dich?“ Christiana verschlug es die Sprache.

War das die Chance, auf die sie gewartet hatte?

EPILOG

In den kommenden Wochen sprach Christiana intensiv mit Alex über die Möglichkeiten, die sich für sie bei „Jalapeno" ergeben könnten. Das Angebot war mehr als reizvoll. Sie entschieden, dass Christiana während ihrem Sabbatical ein paar Stunden pro Woche unterstützen und danach eine finale Entscheidung treffen würde.

Inzwischen hatte das Projekt einen offiziellen Namen, der als Marke registriert war. Alex hatte lange darüber nachgedacht. Da sie Wortspiele liebte, war es schließlich „Chillipicks" geworden. Chillies würzten Gerichte und machten sie - je nach Sorte – leicht oder sehr scharf. Ähnlich wie Technologie, die je nach Anwendung leicht oder schwerer verständlich war.

Forschungsergebnisse zeigten aber auch, dass Chillies gesund waren. Denn Capsaicin, der Bestandteil, der ihnen ihre charakteristische Schärfe verlieh, wirkte entzündungshemmend, regulierte den Blutzucker, half bei der Abwehr freier Radikaler und verminderte das Krebsrisiko. Im übertragenen Sinne waren die gezielt „herausgepickten" positiven Themen als Anregung für Lesende gedacht. Inspirierende Appetithappen, wie Canapés, die während einer Cocktailparty im Freundeskreis serviert wurden.

Natürlich waren die Geschmäcker verschieden und nicht alle Themen würden von allen gelesen werden. Aus eigener Erfahrung wusste Alex, dass bei der Aufnahme von Informationen innerhalb von Millisekunden das Unterbewusstsein Vorentscheidungen traf, die auf langjährig bestehenden Mustern basierten.

Die meisten Muster entstanden bereits in der Kindheit und wurden durch Erziehung und Erfahrungen im schulischen oder sozialen Umfeld geprägt. Daraus konnten Vorurteile entstehen, die bei umfangreicher Betrachtung keinen Sinn machten. Oder es wurde verallgemeinert, ohne über den Tellerrand hinauszuschauen.

Dieser Sachverhalt war enorm wichtig für die Art, wie die Artikel geschrieben wurden. Und Alex entwickelte eine neue Methode des Storytellings dafür. Die zentrale Frage war, wie sich das Unterbewusstsein umgehen ließ. Wann würden Personen einen Artikel vollständig lesen, ohne dass ihr Unterbewusstsein bei den ersten Wörtern vorgefertigte Meinungen dazu lieferte und sie das Thema deswegen übersprangen.

Ein Freund von Alex aß für sein Leben gerne Bananen. Mindestens zwei am Tag. Künstliche Intelligenz hingegen sah er als Bedrohung für die menschliche Zukunft. Möglicherweise könnte aber ein Artikel über ein bildbasiertes System, das mithilfe von künstlicher Intelligenz Bananenstauden auf Schädlinge untersuchte und die Farmer informierte, seine vorgefasste Meinung abschwächen und ihn offener werden lassen. Vorausgesetzt, die KI wurde für gute und nachhaltige Zwecke eingesetzt.

Christiana war gespannt gewesen, wie das Unterbewusstsein überlistet werden konnte. Für lag Alex die Lösung auf der Hand.

Überschrift und einleitender Satz durften das Thema nicht preisgeben. Vielmehr sollte schon bei der Überschrift die Neugier geweckt werden und das ging am besten mit Wortspielen. Um die Wahrscheinlichkeit zu erhöhen, dass der ganze Artikel gelesen wurde, begrenzte Alex die Anzahl der Wörter auf maximal 120.

Diesen Wert hatte sie von der durchschnittlichen Lesegeschwindigkeit abgeleitet, der bei etwa 150-200 Wörter pro Minute lag. Schnell Lesende mit einer Rate von 400-600 waren eher die Ausnahme. Somit konnte der Newsletter, der aus 5-6 Einzelthemen bestehen würde, in 5 Minuten gelesen werden. In etwa die Zeit, in der ein Teller mit Fingerfood vernascht wurde.

Die Vorgaben zu Überschrift und Länge waren eine knackige Herausforderung beim Schreiben, denn die relevanten Fakten mussten untergebracht werden. Es gab keinen Platz für unnötige Füllwörter und trotzdem sollte der Text leicht lesbar und gut verständlich sein. Das war insbesondere bei sehr technischen Themen enorm wichtig.

Zuerst wurde das Storytelling-Konzept mit Testgruppen geprüft. Dafür wurden Lesende aus unterschiedlichsten Bereichen, Altersgruppen und mit verschiedensten Interessen gewonnen. Umfragen nach den ersten Newsletterausgaben fielen mehr als vielversprechend aus. Sie ergaben, dass über 90 Prozent diesen Ansatz liebte, von den ungewöhnlichen Themen begeistert war und die Chillipicks weiterempfehlen würde.

Unterdessen ging Christianas Zeit in Toronto langsam zu Ende. So sehr ihr die Arbeit an dem Projekt mit Alex auch Spaß machte, stellte sie jedoch fest, dass es etwas gab, das ihr noch mehr am Herzen lag. Denn es betraf sie persönlich.

Staatenlosigkeit war für die Allgemeinheit noch immer ein fast völlig unbekanntes Thema, obwohl weltweit Millionen von Menschen offiziell keine Nationalität besaßen. Sie alle trafen auf Schwierigkeiten, die Menschen mit gültigem Pass nicht kannten. Christiana wollte daher eine Community aufbauen, in der sich Betroffene untereinander austauschen und Verbündete ihnen bei den Herausforderungen helfen konnten. Auch wenn Alex Christiana gern in ihrem Team gehabt hätte, verstand sie das vollkommen.

Zurück in München begann Christiana mit der Umsetzung ihrer Idee und erhielt ihr erstes Fellowship-Stipendium dafür. Natürlich verfolgte sie auch die Entwicklung von Chillipicks weiter.

Seit dem offiziellen Start stieg die Zahl der Lesenden stetig. Die Hälfte von ihnen las regelmäßig die „inspirierenden Appetithappen", die immer freitags zur gleichen Zeit verschickt wurden. Einige davon schienen sogar direkt darauf zu warten, wie die Öffnungsraten zeigten. Das Interesse und die Treue waren damit doppelt so hoch wie im internationalen Durchschnitt für Newsletter allgemein.

Auch Christiana war immer wieder überrascht, welche Themen Alex, Lisa und Niall ausfindig machten. Es war ermutigend zu lesen, wie viele Menschen weltweit sich für Nachhaltigkeit, Diversity und Ethik engagierten und Lösungen für eine sichere und faire Zukunft entwickelten.

Diese ausgewählten Informationen waren nicht nur für Privatpersonen interessant. Sie halfen auch Firmen dabei, ihr Geschäft strategisch weiterzuentwickeln und das mit Nutzen für die Gesellschaft und den Planeten.

Deswegen sammelte Alex parallel zu den wöchentlichen Ausgaben alle Artikel in einer Wissensdatenbank für Geschäftskunden. Denn Innovation hieß nicht, das Rad immer neu zu erfinden. Vielmehr wurden oft verschiedene, bestehende Lösungen oder Produkte zu etwas neuem zu kombiniert. Oder sie wurden auf einen anderen Bereich oder eine andere Branche übertragen. Transponieren, wie es in der Musik genannt wurde.

Firmen konnten durch eine Zusammenarbeit mit Startups, Initiativen und Organisationen, über deren Arbeit Alex' Team in den Chillipicks berichtete, Zeit und Entwicklungskosten sparen. Sie konnten auch Forschungsprojekte finanziell unterstützen, damit diese schneller marktreif und für sie einsetzbar wurden. Aber nicht nur das.

Es bestand für Unternehmen enormes Potenzial, sich noch stärker als attraktiver Arbeitgeber zu positionieren. Durch den Fachkräftemangel und die steigende Digitalisierung waren Employer Branding und Talent Management wichtiger als je zu vor. Immer mehr Menschen legten Wert auf Nachhaltigkeit, Diversity und Ethik und wollten ihrem Leben und Schaffen mehr Sinn geben.

Insbesondere die jüngere Generation, die um die Jahrtausendwende geboren worden war. Für viele von ihnen ging es nicht darum, so schnell wie möglich eine hohe Stellung mit dem dazugehörigen dicken Gehaltsscheck zu erlangen. Ein ausgeglichenes Verhältnis zwischen Arbeit und Freizeit und wie nachhaltig oder sozial engagiert die neue Firma war, zählte für sie viel mehr.

Auch Ehrlichkeit und Offenheit mussten tief in der Firmenkultur verwurzelt sein. Außerdem war wichtig, dass Menschen aus der LGBTIQ+ Community, aus anderen Kulturkreisen, Altersgruppen oder mit Behinderungen im Team und vom Leadership respektiert und integriert wurden. Alle sollten die gleichen Chancen bekommen.

Christiana erhielt eines Tages eine Chance, mit der sie nicht gerechnet hatte. Ihre Freunde vom TEDxTUM-Team holten sie auf die Bühne, um die Idee zu ihrem Projekt in einem offiziellen Talk vorzustellen. Das Universum war auf ihrer Seite. Auch bei Alex lief es rund, wie sie bei ihrem nächsten

Gespräch erfuhr.

Ein neuer Kunde arbeitete bereits intensiv daran, um drei Lösungen, die in Chillipicks vorgestellt worden waren, in das Unternehmen zu integrieren. Das Pilotprojekt im Headquarter war in vollem Gange. Nach erfolgreichem Abschluss sollte es an die internationalen Standorte ausgerollt werden.

Eine Lösung lieferte anonyme Hilfe für Mitarbeitende bei mentalen Herausforderungen, egal ob während oder außerhalb der Arbeit. Eine zweite bot Personen im Autismus-Spektrum einen speziellen Rückzugsort bei Reizüberflutung an und die dritte würde Menschen mit eingeschränkter Mobilität die Reisen zu Firmenstandorten deutlich vereinfachen.

Umfragen unter Jobsuchenden hatten gezeigt, wie sich durch Erwähnung des Pilotprojekts die Wahrnehmung als zukünftiger Arbeitgeber stark ins Positive veränderte. Es zeigte dem Kunden aber auch, dass sich durch die Zusammenarbeit mit kleineren Organisationen viel mehr in schneller Zeit erreichen ließ.

Und die Industrie war nicht die einzige Branche, die Alex im Blick hatte. Sie war überzeugt, dass auch über Online-Spiele und Filme nachhaltig Einfluss genommen werden konnte. Deswegen würde sie bald wieder in Toronto sein.

Als Christiana das erfuhr, dachte sie an ihre Zeit in der Stadt zurück und was sich seitdem alles getan hatte. Verschiedene Förderungen, Netzwerkkontakte und viel Arbeit hatten es ihr ermöglicht, die Community und ein eigenes Team aufzubauen.

State.free war offiziell online und wuchs. Große Zeitungen schrieben über sie und sogar eine Karriere in der Politik schien möglich. Sie fragte sich, was die Zukunft für Alex und sie noch alles bereithalten würde.

Während Christiana auf ihr nächstes Interview wartete, las sie die aktuellen Chillipicks. Eine der Stories brachte sie sofort auf eine Idee.

Eine weitere Chance.

DANKSAGUNG

Mein aufrichtiger Dank gilt den Personen, die mich an ihrem Wissen teilhaben ließen und mit Zeit und Rat unterstützten:

Christiana Bukalo, die ich als Teil des TEDxTUM-Teams vor einigen Jahren kennengelernt und mit ihrem fröhlichen Wesen sofort in mein Herz geschlossen habe. Ihr Projekt *State.free* und ihr Ansporn, Menschen, die wie sie staatenlos sind, zu unterstützen, sind inspirierend.

David Asabina, den unser gemeinsamer Freund Raymond mir vorstellte und der mich mit seinem Wissen zu Embedded Systems, maschinellem Lernen und künstlicher Intelligenz, aber auch seiner herzlichen Persönlichkeit sofort für sich einnahm.

Marie Helou-Twafik für ihre faszinierenden Einblicke, wie Marketing und eCommerce-Instrumente im Wohltätigkeitsbereich zielfördernd eingesetzt werden können.

Hamoun Karami, der seine Vision zu intelligenterem, nachhaltigerem Abfallrecycling mit mir teilte und die Fahrt mit dem Piratenschiff zu einem denkwürdigen Erlebnis machte.

Niall Sellar für seine wunderbare Übersetzungskunst und sein unerschöpfliches Verständnis für meine Eigensinnigkeit. Unser erstes Treffen im Urban Angel wird unvergessen bleiben.

Heike und Gerhard für ihre bewundernswerte Geduld beim Testlesen der ersten Fassungen, ihre wertvollen Tipps und ihren unerschütterlichen Glauben an meine Ideen.

Dem Websummit-Team für die Chance als Journalistin und Speaker an der Collision Conference teilzunehmen und dadurch die besonderen Erfahrungen zu machen, die in die Geschichte eingeflossen sind.

Den vielen unbekannten Menschen in Toronto, denen ich während meiner Recherche in der Stadt begegnet bin und die mir mit ihrer unvoreingenommenen Herzlichkeit sofort das Gefühl gaben willkommen zu sein.

AUCH BEI CAPSCOVIL
ERSCHIENEN

PROJEKT BLACK HUNGARIAN

Niall MacRoslin - Alice N. York

Spionageroman

Sie sind jung und ungebunden. Nils und Hendrik landen den perfekten Job: ein geheimer Einsatz in der Schweiz. Nervenkitzel pur, Spesen all inclusive.

Ihr Zielobjekt: Eine revolutionäre Erfindung für Autos, die während einer 10-tägigen Rallye quer über die Alpen unerkannt getestet werden soll. Ein Fehler fordert erste Opfer, die Skrupellosigkeit steigt.

Denn ihr Arbeitgeber - das „Board for Industrial Research and Development" - beeinflusst seit 1929 alle wichtigen politischen Entscheidungen am Markt. Und das soll so bleiben. Keiner hat bisher von BIRD gehört, keiner kennt das Team. Sie sind effektiv, verschwiegen und professionell. Und sie arbeiten unter dem Schutzmantel einer international tätigen Beraterfirma.

Nils und Hendrik lernen eines auf die harte Tour: Spionage ist kein Spiel für Anfänger!

„Ein moderner und temporeicher Thriller… absolut (und vielleicht deswegen erschreckend) glaubwürdig mit vielen unerwarteten Wendungen bis zum Schluss." – Mike Parris, Industrie-Experte

ISBN 978-3-942358-49-1

RICHTUNGSWECHSEL

Alice N. York

Diversity Roman

Alex führt ein rundum zufriedenes Leben. In Sandro hat sie den richtigen Mann gefunden, und der neue Job in der Solarenergiebranche scheint ihr auf den Leib geschneidert.

Zielstrebig und erfahren nimmt sie die Führungsposition an: ein spannendes Spiel, das sie spielt, um zu gewinnen. Es ist nicht der Gehaltsscheck, der sie antreibt, sondern die Anerkennung, die Bestätigung; das private Lächeln, das sagt: „Ja, ich kann es".

Geschäftsreisen rund um die Welt bieten Alex Einblicke in andere Kulturen und führen sie in faszinierende Städte. Der Job ist wie ein wahrgewordener Traum und die perfekte Ergänzung zu ihrem Privatleben.

Bis ihre Welt auf den Kopf gestellt wird.

Bis sich die Regeln ändern und die Welt rücksichtslos wird.

„Lesenswerter Roman. Es lohnt sich nicht nur durchzublättern, sondern den Weg der Romanheldin bis zum bittersüßen Ende zu verfolgen." - Ebersberger Zeitung

ISBN 978-3-942358-00-2

THE LAST ITERATION OF DEXTER MAXWELL

Matthew Hart

Book #1 of „The Last Iteration" Science Fiction Series

Dex knows first-hand how tough it is to live on the edge of a thoroughly technologized civilization in Grenver, Colorado. But it also has its perks.

With his small league of street-smart outcasts, he's snarled the system with some of the most brazen stunts of the 22nd century. Not bad for an orphaned sewer rat that can't remember his childhood and will most likely end up iced for ages like any other criminal.

But after a botched stunt, Dex wakes up a foreigner in a brutal, bizarre underground city controlled by more than one shameless force—blind, a sword strapped to his back, and an old man telling him he's the vital component of the coming revolution.

Dex can barely take in the reality of a new time before he's on the run, hunted by vicious assassins, and mixed up in a deadly plot a millennium in the making—and with the fate of two worlds at stake.

"A mind-bending thrill-ride, Hart has given us a gritty and fascinating vision of the future." - Brian David Johnson, Futurist

ISBN 978-3-942358-30-9

SECOND HARVEST

Matthew Hart

Book #2 of „The Last Iteration" Science Fiction Series

Faced with the cold brutality of Ashion the Dark and his thugs, Dexter Maxwell did something no time shifter had ever done before: he traveled back in time permanently.

Now he must live the same thirty days again. But with Ashion and the local warlord hunting him, will there be enough time to save his new – and old – friends?

The clock is ticking. The Ruling Families of Venus have set the Second Harvest in motion. As their chilling plan unfolds, four hundred years of betrayals put Dexter and Ashion on a deadly collision course…and unlock an ancient threat to civilization.

„Matthew Hart excels at combining adventurous science fiction seasoned with sustainability with extrapolated technology developments. The question really is: will descendants of today's billionaires become the ruling families of the future?" – Alice N. York

ISBN 978-3-942358-37-8